「嫌い。しないで、もういや」

実際はまるで逆だ。
やめないで、もっと、とねだる代わりに、
反対のことを言ってしまう。

JN270305

SHY NOVELS

愛される貴族の花嫁

遠野春日

イラスト あさとえいり

CONTENTS

愛される貴族の花嫁

プロローグ

さざ波が立つように静かなざわめきが晴れの席を覆っていた。

帝國《ていこく》ホテル内の大広間を貸し切り、結婚披露宴《ひろうえん》が行われている最中だ。質素が建前の華族同士の婚姻《こんいん》には珍しく、豪華で盛大なお披露目《ひろめ》の席だった。庶民には及びもつかない贅沢さである。

正面中央のテーブルに座しているのは、黒燕尾服《くろえんびふく》を見事に着こなした長身の新郎と、清楚な純白の洋装に身を包む新婦――招待された客たちの間から代わる代わる溜息が零れるのも道理で、なんとも美しく見栄《みば》えのする今宵の主役たちだ。

ことに、初々しくもいっぱしの貴婦人然とした新婦の並外れた美貌は、目を瞠《みは》るほどだった。一目見たら惹きつけられずにはいられない。

「まだ十七におなりあそばしたばかりですって」

「お美しいわねぇ。若い方ってどうしてああもお肌が綺麗なのかしら」

「でも、花嫁さんのお顔、少し青白くていらっしゃるわ」

「それはあなた、一生に一度の晴れのお席ですもの、緊張なさっていらっしゃるのよ。わたくしも自分のお式の最中は頭の中が真っ白になるくらい上がっておりましたわ」

近頃はやりの洋装で華やかに着飾ったご婦人たちの間では、花嫁の品定めが飽きもせずに繰り返されている。

華族の家柄に名を連ねる諸家の間でも、特に金満家ぶりと格式の高さで知られた滋野井伯爵家《しげのいはくしゃくけ》と、血筋を辿れば主家は平安時代の貴族にまで遡《さかのぼ》るという名門高柳子爵家《たかやなぎししゃく》。この披露宴は両家のめでたい結びつきを祝うものだ。

新郎、滋野井奏《そう》。

新婦、高柳桃子《とうこ》。

「まぁ本当にお似合いですこと」

「こんな美しいご夫婦、見たことございませんわ」

まんざらお世辞ではなく、皆「そうね」「本当ですこと」と口々に追従《ついじゅう》する。

「先月高柳家であんな悲惨で哀しい事故がありましたでしょう。本日のお式もどうなることかと危ぶみましたけれど、延期になどなさらなかったのはよいご判断だったと思いますわ」

「四十九日の喪は明けておりますしねぇ」

「伯爵ご夫妻が本日の祝宴をこうまで盛大になさったのは、先の不幸を完全に追い払われてしまう意味を含ませてのことだそうですよ」

ぱらりと開いた扇子《せんす》で口元を隠しながら、白髪の美しい老婦人が神妙な顔で相槌《あいづち》を打つ。

「ああ、あの恐ろしい事故！」

隣の席に座っていた、いかにも失神癖のありそうな中年婦人が、さっそく額に手の甲を当てて身を震わせる。

「こんなおめでたいお席で話をぶり返すのもなんですけれど、とても恐ろしゅうございましたわ。やはりまだ自動車などというものは信用しすぎてはいけないのでしょうか」

「いや、一概にそうとは言えんでしょう」

ご婦人方の話を聞き咎《とが》めた紳士《しんし》が口を挟む。

「あれは不幸な事故だったのです。突然の豪雨が運転席からの視界を遮《さえぎ》り、ハンドルを切り損なったというだけのことで、自動車自体の性能を云々するものではなかったと聞いておりますぞ」

「そうかもしれませんわね、男爵《だんしゃく》さま。それにしましても、あの事故で高柳子爵さまは大切な跡継ぎと奥方をお亡くしあそばしたんですのよ。お気の毒ですわ」

「一葉《かずは》さままですわね。おかわいそうに、まだ十七のお若さで」

近くにいた婦人が涙ぐみ、ハンケチをそっと目尻に当てがった。彼女は子爵夫人と同年配だったので、娘の晴れ姿を見ることなく跡取り息子と一緒に亡くなってしまった夫人の無念を、自分のこと同様に実感したのだった。

「子爵さまもあれ以来めっきりと元気を失くしてしまわれたそうですわ」

「このご成婚で少しはお気も紛れるのでは」

「そうですわ。待ちに待った日ですもの」

「しかし皮肉なものですな。伯爵家と姻戚《いんせき》関係が結べればお家は安泰のはずだったのに、事が成ったときには肝心の跡取りがいないとはね」

少し皮肉交じりの発言が飛び出し、一瞬場が白々となった。それはこの席では言わずにおくのが礼儀だろうに、と非難の視線が方々でちらちら行き交う。高柳子爵家の内情が火の車であることは周知の事実だが、ここはそういう下世話な噂話がふさわしい場所ではない。

うっかりと口を滑らせた男が「こほん」と気まずげに咳払いをする。

赤葡萄酒《あかぶどうしゅ》の入った細長い硝子《ガラス》の器を持ち歩いていた女給が、テーブルに近づいてきた。

「新しいお飲みものはいかがですか」

「おう、もらおうか」

「儂《わし》も頼む」

「わたくしも少々いただこうかしら」

重くなりかけていた雰囲気が霧散して、皆一様に安堵する。

「ねぇ、ねぇ?」

客席を一回りしてから大広間と続きになった控えの間に戻ってきた若い女給が、仲間にひそひそ声で話しかける。くりくりとした目は好奇心でいっぱいだった。

「花婿さんと花嫁さん、さっきから全然声もかけ合わないのよ。ご身分の高い華族様の結婚ってこんなものなのかしらねぇ」

「そりゃそうよ」

彼女より少し年上の女給はしたり顔になる。

「あの方たち、政略結婚なんですもの。華族様の結婚なんてみんなそうよ」

「つまり、愛し合ってはいらっしゃらないってこと？」

「もちろん。あの方たちに必要なのは愛なんかじゃなくて、跡取りよ。血筋を絶やさないために結婚なさってるだけ」

「へぇ……」

だから花嫁さんはあんなに浮かない顔で辛《つら》そうな様子をしているのかしら。若い女給はそう思い、首を傾《かし》げた。

「ここだけの話、新郎様にはべつに好きな方がいたんだろう、ってご学友らしい方々が化粧室前の廊下で喋《しゃべ》っているのを聞いたの。そういうものなのよ」

「ひどい話。あんなに綺麗な奥様と結婚できても、まだ不足なのかしらね」

「関係ないわ。お華族様にとって結婚は義務だけど、殿方が外にお妾《めかけ》さんを囲うのは日常茶飯事だし」

でも、あたしなら誠実で自分だけを見てくれる人がいいな。

若い女給の脳裏に、俯《うつむ》いてばかりいる花嫁の上品な横顔が浮かぶ。

今日の花婿は、かつてこのホテルで式を挙げたどの男より身分高く、たいそう綺麗な顔立ちをした若者だが、花嫁にあんな顔をさせて平然としているなんて、案外心の冷たい人なのかもしれない。いくら義務でも政略でも、結局のところは互いに納得して結ばれたはずだろうに。

「華族様って大変そう」

他人《ひと》ごとながら花嫁の今後が心配になる。

「そう。幸せな結婚がしたかったら、華族になんて生まれるもんじゃないのよ」

少しだけ年上の仲間が大きく頷きながらそう言った。

I

窓の外は暗くなりつつあった。

「母上たち、遅いですね」

書斎の隅にある飾り棚に置かれた時計に目がいった一葉《かずは》は、ふと気がついて口に出した。

「ん？」

子爵は右目に単眼鏡《ひとえめがね》をあてがい、分厚い書物から顔を上げぬまま鈍い反応を示す。

「そうかね。もうそろそろ戻るだろう」

適当な相槌を打ちながら、ぱらりと乾いた音をさせ、大判の紙を捲《めく》る。三度の食事より書物が好きという勤勉家の父だ。愛する妻と娘の話題を以《もっ》てしても、さして父の興味を引くことはなかったらしい。

「おそらく別荘からの帰りに、銀座《ぎんざ》にでも寄って買い物をしているのではないか。桃子《とうこ》の輿入れ《こしいれ》は来月三十日だ。滋野井《しげのい》伯爵家に嫁ぐまでふた月を切ったからな。子爵家の娘として恥ずかしくない準備を整えてやらねばならないから、あれもはりきっておるのだろう」

一葉の双子の妹桃子は、もうすぐ結婚する。

相手は名門中の名門華族、滋野井《しげのい》家の長男だ。桃子より六歳年上の男で、名前を奏《そう》と言う。一葉も彼に、すでに数度会っていた。

最初に顔を合わせたのは、桃子との婚約が正式に決まったときだ。今から五年前になる。話を決めたのは両家の当主同士で、そのとき桃子はまだ十二。奏が十八の誕生日を迎えるのをきっかけに、将来の妻選びが行われたのだ。

同い年の兄である一葉の目から見ても、桃子は幼い頃から誰にも引けを取らないすてきな淑女《しゅくじょ》だったと思う。未来の滋野井伯爵夫人として白羽《しらは》の矢が立てられても何の不思議もなかった。伯爵家側は純粋に桃子自身に好感を抱き、彼女ならと申し込んできてくれたと信じている。ただし、それが当事者である奏の気持ちと等しいのかどうかまではわからない。

一葉は奏に会う前から、彼のことを頭の切れる美男子と聞いていた。どちらかといえば無口で感情をあまり表に出さない物静かな男だとも耳にしていたが、実際に目の前に立った彼を見たとき、一葉はなんとも言いしれぬ奇妙な胸騒ぎに襲われ、彼を苦手だと感じた。

聞いていた通り、落ち着き払って口数の少ない、大人びた印象の人だったが、油断のなさそうな目つきが怖かった。明らかにこちらを見下している感があり、向き合っている間ずいぶん居心地が悪かったことも覚えている。あの頃は一葉もまだ子供だった。振り仰がなくてはならないほど大きく見えた奏に、無意識に身構える気持ちが生じたのかもしれない。

桃子の方は奏を一目見て好きになったようだ。

単に奏の外見だけに惹かれたわけではなく、淡々としていて物事に動じなさそうな見かけにもかかわらず、実は案外繊細な彼の内面に気が付き、そこに引き寄せられたのだと、あとから打ち明けられた。

『わたしには見えたの』

桃子はそんなふうに言った。

『あの方、心の奥にとても深い淵《ふち》を抱えていて、一人では堪えきれないような孤独を背負い込む人だという気がするわ』

同じ日に生まれた双子でありながら、桃子は精神的に一葉よりずっと成熟している。得《え》てして女は男に比べて早熟らしいが、桃子にはただ早熟という以上の何か、巫女《みこ》めいた不思議な力が備わっているようだ。

一葉は桃子が好きだ。

桃子が奏に惹かれ、喜んで結婚するのなら、自分もいつか奏を理解し、義兄として愛せるようになりたいと思っている。

そうなる日も、もう遠い未来のことではなくなったのだ。

独身最後の旅行になるかもしれないということで、桃子は母と二人で女同士の小旅行に出かけた。出立したのは五日前、行き先は軽井沢《かるいざわ》である。

軽井沢には昔、一葉と桃子が七歳になるまで高柳《たかやなぎ》家所有の立派な別荘があった。その頃までは毎年夏になると家族揃って避暑に出かけていたものだ。しかし、時勢の流れで次第に高柳家の台所事情が悪化し、別荘は手放さざるを得なくなってしまった。偶然にもそれを購入したのが滋野井伯爵で、いよいよ結婚が三カ月後に迫ったとき、結納金の一部として伯爵家側が土地と別荘を子爵家に贈与したのだ。

十年ぶりに再び自分たちのものとなった懐かしい別荘。特に思い入れの強かった母の喜びは相当なもので、たちまち桃子との間に今回の小旅行の計画が持ち上がったのである。

『何もかも桃子のおかげ』

母はそう言って、美しい顔をにっこりと綻《ほころ》ばせていた。

そうなのだ。

今では一葉にもわかっている。財産という財産を失いかけた苦しい内情の子爵家を潰さずに残すには、汲《く》んでも汲んでも尽きる心配のない豊かな富を持つ滋野井家の援助が不可欠だ。桃子の結婚にそのすべてがかかっているわけである。

幸いなのは、桃子が望んで奏の妻になろうとしていることだった。

端から見れば完全なる政略結婚に見えるかもしれないが、一葉だけは桃子が奏に真剣なこと、彼を心から慕っていることを知っている。一度も婚約者らしい付き合いをしたことがないどころか、顔を合わせてもろくに話しかけもしない冷淡でそっけない男を、桃子は愛しているのだ。一葉には理解できないが、桃子が幸せならそれが一番だと思っている。結婚すればこれまでよりは桃子に関心を持ち、妻として大切にしてくれるよう期待するばかりだ。

——買い物か…。

一葉は一抹《いちまつ》の寂しさを覚え、ひとりごちた。

もうすぐ桃子は奏のものになる。生まれたときからずっと傍にいた存在を奪われてしまうような気持ちになり、心が苛立つのは、奏に妬《や》いているせいだろうか。

ふう、と溜息が出た。

子爵は相変わらず書物に没頭しきっている。

一葉は執務机に座る子爵の傍《かたわ》らで、背後の壁面いっぱいに並んだ書架を見上げ、父に頼まれた書物を探す作業に戻った。

その後すぐだ。

「一大事っ、一大事でございます、旦那様！」

普段めったに取り乱すことのない執事が、声高に叫びつつ、子爵のいる書斎目指して廊下をバタバタと走ってくる。

何があったんだろうと驚きに身を硬くしたのは、一葉ばかりでなく子爵も同様だった。

二人は眉根を寄せ、顔と顔を見合わせた。

「一葉」

子爵に顎《あご》をしゃくって促され、一葉は足早に歩いていき、書斎の扉を開く。

「だ、旦那様っ、大変でございます！」

扉を開けたのとほぼ同時に、長年高柳家に仕えている執事の岩重《いわしげ》が飛び込むような勢いで入ってきた。

岩重の顔は真っ青だ。

それを見た途端、一葉の心臓は早鐘のように鳴りだした。

嫌な予感。嫌な……とてつもなく嫌な予感がする。

世界の終わりが参りました、と告げられる以上の衝撃が自分の頭を襲ってきそうな、聞く前から耳を塞ぎたくなるような、それほど嫌な予感がした。

「どうしたのだ、岩重」

落ち着いて話せ、と子爵が窘《たしな》める。その顔はすでに強張《こわば》っていた。一葉が感じているのと似た、恐怖にも近い感覚が子爵の胸中にも充満しているらしい。

「そ、それが……」

岩重がそれまでの勢いと裏腹に、突如《とつじょ》言葉を淀ませる。

あまりの驚きと衝撃に押され、取るものも取らずここまで駆け込んできたものの、いざとなると告げるべき言葉が見つからない。そういう印象を受けた。

ぞわっと、背筋を濡れた刷毛《はけ》のようなもので撫で上げられるような不快感に見舞われ、首を竦《すく》ませた。全身の毛が総毛立ち、寒気を感じる。

一葉は堪らなく緊張し、岩重から目を逸らしかけた。そのとき、ふと目の隅で彼が右手に固く握り締めている紙片を捉《とら》えた。

「岩重、それは何？」

恐ろしいことを聞いている気がして、一葉は声を掠《かす》れさせた。

岩重がハッとして首を動かす。今初めて気づいたような仕草だったが、もちろん彼はその紙片がなんなのか知っていたはずだ。

「見せてみろ」

執務机を立って歩み寄ってきた子爵が腕を伸ばす。

紙片は、すっかり言葉を失っている岩重の手から子爵へと渡された。

手の中で握り締められ皺《しわ》が寄っていた紙片を子爵の大きな手が開く。

一葉は息を止め、父の表情だけを凝視した。

紙片に書かれた文字を素早く目を動かして読んだ子爵は、一瞬大きく目を見開いたかと思うと、次には色がなくなるほどきつく唇を噛んだ。そして、ここ二、三年のうちにすっかり横幅が出て貫禄のついてきた体を、小刻みに揺らし始める。

「これは、これはどういうことだ。……だ、誰がこんな電話をかけてきた？」

「け、警察でございます、旦那様」

緊張しきった面持ちで岩重がところどころ突っかかりながら答える。

「先ほど軽井沢の警察から、ご、ご遺体を引き上げたという連絡が……。身元確認のため、旦那様に至急お越し願いたいとのことでございました」

「ばかな！」

「父上っ」

一葉は今にも床に膝を突いて崩れそうになった父の巨躯《きょく》を支え、震える指で持っている紙片に目を走らせた。

筆跡は岩重のものだ。

『車』『崖から墜落』『車輪の痕跡』『雨で窓硝子《ガラス》が（ギモン）』『奥様、お嬢様、運転手』『ご遺体の確認を』

そういった単語やごく短い語句が、紙のあちこちに記されている。電話を受けながら焦って帳面に書き殴ったものらしい。そしてそれを破り取り、尋常でない事態が起きたことを大慌てで子爵のいる書斎まで知らせに来たのだ。

書き並べられた語句からだけでも、何が起こったのかだいたい推察できた。

信じられない。

さっき岩重の口から遺体という言葉を聞いていたが、にわかにはとても信じられなかった。最後に二人を見たのは五日前の朝だ。母も妹も青いシフォンのドレスを着て、妹はドレスとお揃いの帽子を被り、母は優雅な白い日傘を手にしていた。車に乗り込む前、表まで見送りに出た父と一葉を振り返って……「わたくしたちだけお出かけさせていただいて申し訳ありません」「お兄様、お土産を買って参りますね」などと気を遣ってくれたのだ。顎の下で結んだ帽子のリボンが風に揺れていた。その大きなリボンが桃子の顔をいつもより華奢《きゃしゃ》で儚《はかな》く見せていて、ああなんて綺麗な子なんだろうと、自分の妹ながら思ったことまで覚えている。美しい母と寄り添っている姿は、そのまま絵にして飾っておきたくなるほどだった。

こんなにもはっきりと出立のときを思い出せるのに、たった今、二人は二度とここには帰ってこないと告げられたのだ。

――そんなこと、あるはずない。

これは何かの間違いだ。きっと、誰かの悪質な悪戯に違いない。

何回も自分に言い聞かせてみるが、紙片の字面が次から次へと代わる代わる頭に浮かんでは消えていき、一葉がどれほど希望を持とうとしても端から打ち砕いていく。

「なんということだ……なんということが起きたのだ……」

父は一葉の腕をぎゅっと一度握り締めてから、よろよろした足取りで歩きだした。脂汗《あぶらあせ》の浮いた額に手を当て、がっくりと項垂《うなだ》れた姿勢のまま、安楽椅子に身を投げるように座り込む。

「なんという不幸なのだ、これは」

ぶつぶつと、正気を失い呆然とした口調で父が繰り返す。目は虚《うつ》ろで、焦点がどこにも合っていない。

「父上」

一葉は堪らなくなって父を呼び、肩を揺すって気を取り直させようとした。

「しっかりしてください、父上。まだ最悪の事態が確認されたわけではありません！　とにかく警察に行きましょう。僕もお供します。こんなこと、きっと何かの間違いです」

「……富士子《ふじこ》が…、桃子まで……」

「父上！」

父の耳には一葉の言葉など届いていないようだった。

いったいどうすればいいのかわからない。

困惑した一葉は、助けを求めるように岩重を見た。しかし、いつの間にか一葉に背丈を追い越された老齢の執事は、すっかり動転していて情けない顔をするばかりだ。驚きと悲しみが強すぎて、何一つ考えられなくなっているのだろう。

ここは自分がしっかりしなくては。

一葉はぐっと唇を引き結び、強く決意した。

「岩重」

「は、はい、お坊ちゃま」

「警察には僕が行く。岩重は父上を頼むよ。大変だろうが、フユを呼んで父上を寝室に休ませて差し上げてくれ。あ、鹿王寺《ろくおうじ》先生にも往診してもらうように」

「かしこまりました」

思いつく限りの指示を与えると、ようやく岩重もいつもの彼に戻った。背筋を伸ばして深々とお辞儀をする。

「どうか、くれぐれもお気をつけくださいませ。向こうはまだ雨が降り続いているようでございます」

「わかった」

「すぐにお車をお呼びいたします」

岩重が電話をかけるため書斎を出ていく。

一葉は奥歯を強く噛んだ。脇に下ろした腕の先では、無意識のうちに爪が食い込むほど強く手のひらを握り締めていた。

安楽椅子に沈み込んだ父は、前屈みになって両手で頭を抱え込んでいる。

「どうすればいい。……どうすればいいんだ、うちは。もう……死ぬしかないのか」

不吉なことを呟く父を、一葉は為す術もなく見つめた。

こんな時、どんな言葉をかければ父の気持ちを奮《ふる》い立たせられるのか見当もつかない。一葉も、自分自身をしゃんと保っているだけで精一杯だ。

「滋野井家にはなんとお詫びすれば……」

二人が死んだかもしれないと聞いた途端、一葉には二人の死を懸命に否定する以外何も考えられなくなっていたが、父の頭には高柳家存続の危機という問題が重くのしかかっているのだ。

「父上」

一葉は父の傍に寄り添って腰を屈め、ズボンを穿《は》いた膝に手をかけた。

「……一葉」

顔を上げて一葉を見る父の目は真っ赤に充血し、内心の複雑な気持ちを反映しているかのように揺れていた。

父の目を見た瞬間、一葉は息が詰まるような心地になった。

——桃子の代わりに自分が事故に遭えばよかった。そうすれば高柳家もどうにかなったはずだ。一葉という跡継ぎが消えても、滋野井と桃子の間に生まれた子供を養子にすれば血筋は絶えない。そのうえ滋野井家という強力な後ろ盾も得られ、傾きかけたお家も安泰だ。没落寸前の危機に瀕《ひん》している高柳家を救う方法は、もうそれしかないところまで来ている。

二人のうちのどちらかがこうなる運命だったのだとしたら、一葉が死ぬべきだったのだ……。恐ろしかったが、一葉は父の目を見て、父が心の奥底で、ほんの僅《わず》か、ほんの一瞬であろうとも、そんな考えを抱いたことに気づいてしまった。

いたたまれない心地になる。

「一葉」

父が我に返って慌てたように一葉の手を握り締める。

「違う。違うぞ、一葉！　今、何を誤解した？　儂は…、儂はそんな……」

同じ血のなせる業《わざ》か、父にも一葉の考えたことが通じたらしい。

父は大きく首を振り、必死になって否定した。

「おまえだけだ」

いきなり両腕で頭を包むようにして胸に抱き込まれる。

「一葉、儂にはもうおまえだけなんだ」

無骨な指がたどたどしく一葉の後頭部を撫で、すぐ耳元で言い聞かせるように告げられた。

「儂と一緒にいてくれ。おまえはどこにも行かないでくれ」

「行かない。行きませんとも」

一葉は真摯《しんし》に答えた。

もし警察に安置された遺体が本当に母と桃子なら、父には一葉しかいないし、一葉にも父しかいないことになる。父を残してどこかに行くなど考えられないことだ。

「父上もお約束してください。僕を置いてどこかに行ったりなさらないと」

「……ああ」

父の声には覇気が感じられない。

一葉は不安になり、もう一度念を押そうとした。

そこに岩重が戻ってくる。乳母《うば》のフユも一緒だった。フユにも事件のことは知らされているらしい。今の今まで台所の隅ででも泣いていたのか目を腫《は》らしている。しかし、取り乱してはいなかった。見てくれはただの小柄な中老の夫人だが、元武家出身の気丈な女性なのだ。

「大丈夫でございますか、旦那様、一葉様」

「フユ」

父は控えめな足取りで書斎に入ってきたフユを手招きし、傍に来させた。皺《しわ》の寄った小さな手を父の手が強く握り込む。

「大変なことになった」

「どうぞお気をしっかりとお持ちくださいまし」

フユの手を取ることで父もやっと本来の自分に立ち返り始めたようだ。

「お車がもうじき参ります」

一葉に向けて言われた岩重の言葉に、一葉より先に父が反応し、いきなり椅子から立ち上がった。

「やはり、儂が行く」

「父上」

正直言って一葉は心配だった。

遺体の確認をしてまた父が絶望的な気持ちになったら、と思うと、ここは自分が行った方がいい気がする。

しかし、父の決意は変わらなかった。

結局、一葉が屋敷に残ることになった。もしかするとまた何か新しい連絡が入るかもしれない。

そのときのため、どちらかがすぐ動けるようにしておくべきだと考えたのだ。

現実問題として九割九分までは母と妹の死を認めねばならないとわかっていても、残りの一分に微かな望みをかける気持ちが働いた。

奇跡はあるかもしれない。

一縷《いちる》の希望を潰《つい》えさないためにも、一葉は軽井沢までいっそ飛んでいきたいくらい逸《はや》る気持ちを抑え、屋敷で待った。


——もうだめだ。死ぬしかない。

翌日の午後、軽井沢から戻るなり寝台に倒れ、そんな悲愴な呟きを洩《も》らした父に、一葉は最後の望みを絶たれた。

父が発《た》ってから丸一昼夜、一葉は生きた心地もせずに新たな展開を期待していた。その間、どうにか息をすることだけは忘れないでいられたが、食事は喉を通らなかったし、寝台で横になる気にもなれなかった。

ギリギリまで神経を尖らせた状態だった一葉自身、確かな事実を聞かされた途端倒れそうになったのだが、父が先に崩れたため、自分だけはと必死に持ち堪えた。

一葉が思っていた以上に高柳家の現状は切羽詰まっているようだった。

すっかり憔悴してしまった父に付き添い、元気を出すように励ましていた間、一葉は初めて父の口から詳しい話を聞いた。所有していた土地のほとんどが人手に渡ってしまっているのは薄々気づいていたが、この屋敷までもが抵当に入っており、少しでもお金のやりくりができなくなれば、ただちに出て行かねばならない状態だったとは知らなかった。そこまで逼迫《ひっぱく》した財政状態だとは想像もしていなかったのだ。

「すまない、一葉」

自分が腑甲斐《ふがい》なかったせいだ、と父は何度も自分を責める言葉を発する。

一葉はそのたびに強く否定した。

これまで気づかず悠長にしていた自分自身が一番悔やまれる。気づいていたからといって具体的に力になれたとも思わないが、少なくとも父の肩の荷を少しは減らせるように努力できたかもしれない。

父に死にたいなどと呟かせることにだけはならないよう、どうにか知恵を振り絞っただろう。

忸怩《じくじ》たる気分で一晩中父の枕元にいた一葉は、夜が明けてからフユに懇願され、少しだけでも何か食べようと一階の食事室に下りた。

昨夜もその前の夜もほとんど寝ていない。

体は疲れているが、頭が眠りを拒否しているようで、ちぐはぐだった。

「このままでは一葉様までお倒れになってしまいますよ」

フユはひっきりなしに涙ぐみ、前掛けの裾《すそ》で目元を拭いっぱなしだ。

「僕は大丈夫。若いんだから」

これ以上フユにまでよけいな心労をかけたくなくて、一葉は無理に微笑んだ。

「……お坊ちゃま……」

一葉の顔を見たフユが、また新たな涙を浮かべる。

「本当に、お坊ちゃまを見ていると、桃子様がいらっしゃるような錯覚を起こしてしまいそうです」

「フユ」

僕は桃子じゃない。そう言いそうになったが、間一髪《かんいっぱつ》で押しとどめた。

「桃子と僕は、まるで同じ顔をしていると小さな頃から言われ続けてきたからね」

「ええ、ええ」

でも桃子はもういない。

一葉は胸が詰まり、息苦しさを覚えた。

母と妹の死は父が確認してきた。間違いという可能性は完全に消えたのだ。二人の遺体は車ごと崖から転落したにもかかわらず意外なくらい綺麗なままだったという。それに引き換え、運転していた男は窓から外に投げ出され、見るに堪えないひどい有様だったそうだ。一葉は運転手に深く哀悼《あいとう》の意を捧げるとともに、母と妹を最後の最後に守ってくれたことに感謝した。

「お二人のご遺体は本日の午後、警察から戻ってくるそうです」

「うん」

一葉は静かに頷く。

「せめて悔いの残らないように、立派に送ってあげよう。僕が手配するよ」

またフユが泣きだした。どうにも涙もろくなってしまっていて、止まらないらしい。申し訳ございません、申し訳ございません、と繰り返しながら目尻を拭う。一葉まで泣きそうになる。がまんして、「フユ。食事は?」と促すことでやり過ごした。

パンと珈琲《コーヒー》だけどうにか胃に入れ終えたとき、岩重が困惑した面持ちでやってきた。

「お坊ちゃま、旦那様を訪ねて滋野井奏様がおみえでございますが……いかがいたしましょう?」

「えっ?」

事故が起きたのは一昨日だ。新聞には車が崖から転落し、乗っていた女性二人と運転手が死亡したという内容の記事だけが載ったはずである。昨日父が遺体を確かめたが、亡くなったのが一般人ではないため身元は伏せておかれ、警察には新聞社へ安易に情報提供しないよう厳命が下りている。それにもかかわらず、滋野井奏がいきなり訪ねてきたのはどうしてなのか。一葉はひどく緊張した。父はさっき寝ついたばかりだ。起こせない。できれば今日のところは引き取っていただきたいのが本音だったが、桃子が死んだことはいずれわかってしまう。婚約者の奏にいつまでも知らせないのは不誠実だと考え直した。

「僕が会うよ。僕でもいいかお伺いしてきてくれ。子爵は風邪で伏せっているからとご説明するように」

「はい、お坊ちゃま」

「ご了承いただけたなら、客間にお通ししておいて」

「かしこまりました」

一葉は不安げに自分を見上げるフユの肩に手を乗せ、大丈夫だから、と勇気づけた。本当は自分も心許《こころもと》ない気持ちでいるのだが、今この子爵家を切り盛りできるのは一葉だけだ。それが一葉を奮い立たせ、動かしている。

奏を客間に案内した、と岩重が伝えに来た。

一葉はいったん自室に戻り、二日間着たきりだったシャツを脱いで新しい服に替えた。着替えながら、どんなふうに知らせようかと頭を悩ませる。奏が何も知らずに来たのなら、さぞかし驚くことだろう。来月末には自分の妻になるはずだった女性が永久にいなくなってしまったのだ。いくら愛情がなかったとしても、まったく平静ではいられないだろう。

切り出し方を迷いながら客間に向かう。

いつまでも奏を待たせておくわけにはいかない。

扉の前で深く息を吸い込んだ。

そうして気持ちを落ち着かせてから、扉を叩いて押し開ける。

十畳ほどの広さの洋間のほぼ中央に、滋野井奏が立っていた。応接用の長椅子の傍らで、背凭《せもた》れに片手を突いている。立ったまま暖炉《だんろ》の上に掛けられた油絵を見ていたようだ。脚の低いテーブルの上には淹《い》れられたばかりの紅茶が置かれているが、手をつけた様子はなかった。

奏は部屋に入ってきた一葉に首を回し、感情を窺《うかが》わせない冴え冴えとした眼差しで、じっと一葉を見据えた。

見つめられた一葉は、どきりとして目を逸らしかけた。しかし、強い視線で射竦められ、視線を外すことはもちろん、睫《まつげ》毛さえ瞬《また》かせられない。

しばらく二人は言葉もなく視線を絡ませ合い、立ち尽くしていた。

何か言わなくては。——心の中で一葉は焦っていたが、頭の中は真っ白で、どんな言葉も浮かんでこない。

どうしてこんな目で僕を凝視するのだろう。

何を考えているのかまるっきり想像もつかない視線を、これでもかというくらい浴びせかけられると、一葉の顔は次第に熱くなり、赤らんできた。冷たく取り澄ました、いかにも身分高い家系を彷彿《ほうふつ》とさせる上品な顔。切れ長の目や細めの眉、尖った鼻に、薄めの唇。舶来で誂《あつら》えたと思《おぼ》しき洋装は彼のすらりとした長身を引き立たせ、溜息が出るほど魅力的に見せる。一本の乱れもなく整えられた黒髪は、濡れているような光沢を放っていた。

ああ、端麗な男だ。

一葉は一瞬、自分の意識の中に桃子の意識が入り込んできたかのような不思議な気持ちになった。男の身で同性にこれほど強烈な魅力を感じるのは初めてだ。今まで何度か奏を見たことはあったが、こんな気持ちになったことはなかった。

「亡くなったそうだな」

意外な一言が、奏の口から先に出る。

一葉は大きく目を瞠《みは》り、絶句した。

いろいろな場合を予想していたが、奏の方からいきなり核心を衝《つ》かれることになるとは考えもしなかった。

驚愕して言葉を無くしている一葉に、奏はフッと口元を吊り上げ、控えめな含み笑いをする。

「昨日の晩聞いた。わたしは様々な方面に知人が多くてね。子爵が身元確認を済ませた時点で連絡を受けたのだよ」

「そ、……そうだったのですか」

一葉はようやく言葉を取り戻して言うと、奏に向かって頭を下げ、謝った。

「ご連絡が遅れて本当に申し訳ありませんでした。大変失礼なことをしたと思っています。当家でもまだ気持ちの整理がつけられず、途方に暮れているうちに時が経《た》ってしまって……」

「子爵は伏せっておられるとか？」

「はい、あいにくと」

「つまり、まだ夫人と令嬢の訃報《ふほう》はどこにも出されていないわけだな？」

「はい」

責められているのだと思い、一葉はますます恐縮して頭を下げた。

「ふん」

奏が鼻を鳴らす。この場にふさわしからぬ相槌に、一葉は思わず伏せていた顔を上げた。遺族に対してちょっと無礼ではないかと不快に感じたのだ。

少し睨むように奏を見る。奏も一葉をまっすぐに見返した。悪びれた様子は窺えない。

「……失礼」

いちおう謝罪してはくれたが、一葉の不快感はまだ消えなかった。

姿は綺麗でも、性格は違うようだ。桃子は彼のどこに心惹かれていたのだろう。一葉にはまるでわからない。今の一葉の目から見た奏は、高慢で情の薄い、身分と財力を鼻にかけた冷たい男にしか映らなかった。

「座らないか」

奏から促される。立場が逆なのではと思ったが、一葉は黙って従った。たぶん、こういう男はどこにいても、自分中心に物事を進めたり考えたりするのだろう。

長い足を組んで長椅子に座った奏は、対面に腰を下ろした一葉に型どおりのお悔やみの言葉を述べた。心が籠《こ》もっていないとまで言うつもりはないが、どれほど好意的に捉《とら》えようとしても、奏が桃子の死にそれほどの衝撃を受けていないのは確かだと思えた。所詮《しょせん》、奏にとっての桃子は単なる政略結婚の相手だったのだ。奏は桃子が彼を愛していたことすら知らないに違いない。一葉は桃子が報われないようで辛かった。ただでさえ遠くに感じていた奏が、さらに遠くなった気がする。

「妹さんのことは気の毒だったが、幸いなことに高柳家にはまだきみがいる」

「はい。ありがとうございます」

しかしもう、高柳家が身代《しんだい》をなくしてしまい、この先生きていくためには爵位すら売らねばならなくなるかもしれない事態は避けがたい。富裕な特権階級である滋野井家の嫡男には縁のない話だ。父や一葉の悩みなど、たぶん一生わかるまい。一葉は自分まで皮肉っぽい気分になっていたので、そんなふうに考えた。奏とはとても仲良くなれそうになく、早く帰ってほしいと思って少々投げやりな気分になっていたのだ。

「ではきみにも異存はないわけだな？」

「は？」

今度はまったく話が見えず、一葉は面食らってしまった。

対する奏は真面目そのもので、冗談などまったく言いそうもない顔をしている。

「すみません、少しぼんやりしておりました。お話が見えなくてお返事できないのですが、何に対する異存でしょう？」

「高柳家からわたしが妻《めと》を娶る話をしている」

当然のことだとばかりに奏は顔を顰《しか》めた。

「それ以外にどんな用件でわたしがここに来るというのだ」

「あの……」

一葉は混乱してきた。

いったい何がどうなったから、こんなちぐはぐな話をする羽目になっているのだろう。

「先ほどから申し上げているとおり、妹は一昨日亡くなったのです」

「それは聞いた」

ぴしゃりと奏が答える。

「だからわたしは、きみに異存がないかどうか聞いたのだ」

唖然とする一葉に、奏はさらに眩暈《めまい》がするようなとんでもないことを言う。

「幸いなことにきみは妹さんと瓜二つだ。夫であるわたしさえ黙っていれば、誰もきみと妹が入れ替わっていることなど気づくまい」

「どういうことですか」

僕は男です、と続けたかったが、あまりにも今更のようで、言葉にならなかった。

「まさか、僕に桃子の身代わりになってあなたと結婚しろとおっしゃるのですか？」

そんなはずないですよね、という意味を込めて奏に聞く。

だが、奏は平然として肯定したのだ。

「そのとおりだ」

「そんな！」

思わず悲鳴のような声が出た。

「無理です、そんなこと。ばれないはずがないでしょう？」

「なぜ？」

奏は信じられないほど表情を動かさない。あまりにも淡々としていた。彼の言葉を聞いていると、鳩は黒で烏《からす》は白なのが常識だと言われているように感じられる。勘違いしているのは自分の方なのか、と不安になってくるくらい、奏の態度は揺るぎない。

「亡くなったのは高柳子爵夫人と息子の一葉だ。世間にはそう発表し、葬儀もそれで執《と》り行うがいい。根回しが必要なところはすべてわたしが手を貸す。真実を知っているのはわたしと子爵家の家人だけだ。忠実な執事と乳母には口止めすればいいだろう」

「でも、なぜ。なぜですか？」

「……わたしには、きみが必要だからだ」

このとき初めて奏は、返事を躊躇《ためら》う間を一呼吸つくった。

ほんの僅かな間ではあったが、一葉には妙に印象的で、以降、心の片隅にこの言葉がずっと引っかかることになった。

フイと奏が気まずげに顔を横向ける。

「つまり、わたしにはわたしの事情があるということだ。高柳家との婚姻はわたしにとってよい隠れ蓑《みの》になる。妹さんがこんなことになったのは気の毒だと思う。だが、わたしにはまだきみを妻にする手が残されている。きみさえ異存がなければ、予定通り九月三十日に式を挙げたい。わたしはきみたちが早計な判断をする前に、このことを提案しに来た」

「父に、父に聞いてみないと、僕の一存ではお返事しかねます……」

一葉は声を震わせながら返事をした。

声だけではなく、体も震えてくる。

戸惑いが大きすぎて、いったいどこから手をつけて考えをまとめていけばいいのかわからなかった。

こんな突拍子もない提案を父が承伏するとは思えない。死者を取り替えるなど、とうてい許されざる行い、神への冒涜《ぼうとく》だ。父はきっと断るに違いない。そう思う一方で、悪魔の囁きが父や一葉を虜《とりこ》にしてしまう予感も抱いていた。この非常識な申し出さえ受ければ、子爵家は安泰なのだ。

家、家、家。華族は常に家という観念を第一に優先させて生きている。家がなくなれば生きている価値はないに等しい。個人は家の存続のためにあるのだ。父の命が家とともにあるのなら、一葉はどんな屈辱にも堪えるであろう自分を知っていた。母と妹を亡くした上に父まで亡くすより、女装して男に娶《めと》られ、形ばかりの夫婦になる方がどれだけ楽かわからない。

「子爵はきっと賛成なさるだろう」

奏は自信に満ちた声で言った。

一葉は項垂れ、震えの止まらない指で真新しいシャツの胸元を握り締めた。

「……僕に、この先一生女の振りができるとお思いなのですか?」

「深窓の令夫人が必要以上に外に出ることはない。どうしても夫婦で出席しなくてはならない行事がある際には、わたしが必ず傍にいる。わたしの妻を侮辱するような無謀な振る舞いのできる人間がそんなにいるとは思えない」

「あの、明日……明日、必ずお返事を差し上げます」

俯いたまま一葉は低い声で約束した。

「どうか、今日のところは、お引き取りいただけますか」

「いいだろう」

拍子抜けするほどあっさりと奏は了解した。

すくっと迷わず椅子を立つ。

「見送りは結構」

重い腰を上げかけた一葉を素早く遮《さえぎ》る。

「よい返事だけを待っている」

颯爽《さっそう》とした足取りで奏は客間から出ていった。

テーブルの上にはすっかり冷めた手つかずの紅茶が、ぽつんと置き去りにされていた。

Ⅱ

ホテルの大広間を借りて盛大に催された結婚披露宴はつつがなく終わった。

「よい披露宴でしたわ」

「このたびは本当におめでとうございます、伯爵」

「まるでお人形さんが二体並んでいるみたいに綺麗でしたよ」

次々と宴会場から出てくる客たちが、見送りに並んだ両家の家族に挨拶を述べて帰っていく。

ようやく、ようやく、長かった一日の行事がとりあえず終わろうとしている。早朝から起こされて十二単《じゅうにひとえ》を着せ付けられ、衣冠束帯《いかんそくたい》姿《すがた》で華族の正装をした奏《そう》と、滋野井《しげのい》一族の祖先を祀《まつ》った神社で誓いの儀式を執り行った。その後洋装に着替え、ホテルに移動しての祝宴だ。身も心も疲れ切り、ほとんど精神力だけで立っているようなものだった。

一葉《かずは》は奏の横で俯きがちになり、ひたすら体を硬くしていた。目に入れるのは招待客の靴やドレスの裾、絨毯《じゅうたん》や緋毛氈《ひもうせん》ばかりで、誰の顔を見る勇気もない。指を胸の下で組み、閉じた扇子を両手で持っているのだが、その指だけがときどき震えるくらいで、あとは微動もせずに立っていた。

肘を張っているので、長手袋をした二の腕が傍らの奏の腕に触れている。

いつ会っても洋装ばかりだった奏の黒燕尾服姿は、非の打ちどころがないほど完璧に決まっている。奏は堂々と胸を張り、声をかけられるたびに一人一人に会釈して、「どうも」「ありがとうございます」「光栄です」などと短い言葉で応じていた。家庭を持った一人前の男の風格十分で、落ち着き払っている。今日から新しい門出だという意気込みや初々しさは感じられず、妻を娶って嬉しそうな素振りもまったく見せない。傍らで押し潰されそうな不安に胸を苦しませている一葉のことなど、まるで気にもかけていない様子だ。

「末永くお幸せにね、桃子様《とうこ》」

桃子の名前で呼ばれるたびに、一葉は冷たいものを心臓に押し当てられた気分になる。

——嘘つきめ。背徳者め。

頭の中でそうやってひっきりなしに一葉を責める声がこだまする。

世間は騙せても、自分自身を騙すことはできない。罪の意識が一葉をひどく苛む《さいな》。桃子の名前で結婚の誓いをたてたときから、いや、奏の求めに応じて嘘の結婚を承諾することに決めた瞬間から、一葉は生涯消えない罪人の烙印《らくいん》を押されたのだ。

家を守りたい。

どうにかして父親の役に立ちたい。

その一心だった。

だが、果たして、無念の死を遂げた桃子がこの状況を知ったらどう思うだろう。本来であれば自分が立つはずだった位置に、素知らぬ顔をして立っている一葉を恨めしく思うのではないだろうか。

少し離れた位置にいる子爵も、朝方からずっと、ひどく青ざめて緊張している。たった一人残された愛娘を嫁にやる父親の、複雑な心境の表れだと取れないこともないが、ちょっと異様な印象だった。しかし周囲はそれを特に妙だとは思わないようだ。先月頭に子爵家を襲った悲劇の記憶も生々しい。不幸があったからこそめでたいことでそれを祓《はら》う、というもっともらしい弁で奏は強引に当初からの予定通り式を執り行わせたが、中には「ちょっと心ない気もする」と眉を顰めた人もいたらしい。口元に上品な髭《ひげ》を蓄えた奏の父、滋野井伯爵は、結婚は息子が主役のものだから息子の意思に任せる、という捌《さば》けた考え方の持ち主で、あえて反対はしなかったそうである。

こんな猿芝居、すぐにばれる。ばれないはずがない。

ばれたときの醜聞《しゅうぶん》を考えると一葉は恐ろしくて仕方がなかった。

奏は自分に任せろと確固たる口調で言うが、いざとなれば大事なのは自家の体面、面目を潰さないことだけだろう。高柳家に騙された、滋野井家はいっさい関知していない、悪いのはすべて一葉と恥知らずでしたたかな子爵だ。そんな具合にすべての責任を子爵家に押しつけ、自分たちを守るつもりに違いない。きっと、誰も一葉を庇ったり守ったりしてくれはしないのだ。できるものなら今すぐこの場ですべてを告白し、なかったことにしたい。

家柄とか財産などなくても、父と二人で地味に静かに市井《しせい》の片隅で生きていく方が、こんな空恐ろしい嘘をついて生きるよりよほどましではないだろうか。

自分たちは間違っていた。

道を踏み違えたのだ。

時が経てば経つほど後悔が膨らんでいく。

おそるおそる横目で見上げた奏の顔は、相変わらず取り澄ましているばかりだ。嬉しそうでもなければ感動しているようでもない。むしろ面倒くささや退屈さが勝っている表情に見える。この顔を見る限り、建前だけの結婚という以上の意図は何も感じられない。奏自身は両親すらも騙しているというのに、まったく動じた様子がないのだ。神経質そうな顔をしていながら、相当に肝の据わった剛胆《ごうたん》な男だ。なぜこんなに平然としていられるのだろう。一葉にはとても奏の心境は理解できなかった。奏が心のない怪物じみて感じられる。

喉のギリギリにまで全部吐き出して楽になりたい気持ちが込み上げてきていたが、奏を窺い見たらそれも萎《な》えて引いていく。

——ご母堂《ぼどう》のことは残念だったが、ご父君にだけでも孝行ができるのだ。せめてもの幸運だと思わないか？

孝行。

お話をお受けします、とあらためて頭を下げたとき、奏はさらりとした調子でそう言った。

父は奏が持ってきた突拍子もない話に初めはただ驚き、動揺するばかりだったのだが、二時間ばかり無言で一葉と向き合っているうちに、じわじわとそれが最もいい選択なのだという気になったらしい。一葉には父の心がどんなふうに変化していき、どういう結論に達したがっているのか、聞かずともわかった。わかったから、自分から言ったのだ。

——一葉は母上と一緒に死にました。ここにいるのは桃子です。

あのとき父は男泣きに泣いた。

思いだすたび、せつなさを感じて息苦しくなる。

仕方がない。こうするしかなかったのだ。なにより、奏が一番望んでいた。

「桃子様、おめでとうございます」

耳に心地のよい綺麗な声をかけられて、あれこれと考え事ばかりしていた一葉は我に返った。

ふわりと西洋ものの香水が香る。

男だとばれるのではないかという危惧がどうしても抜けない一葉は、誰に声をかけられても怖くて顔を上げることができない。若草色のモスリンのドレスだけ見て、無言のまま丁寧にお辞儀をした。

羽振りのいい滋野井家の宴席とあって、招待客は三百人を超えている。

最後の客が会場を後にしたときには、一葉はその場に崩れてしまいそうなほど疲弊《ひへい》していた。なにしろ尋常でなく緊張していたのだ。付け髪をして慣れないドレスを着、大勢の人目にさらされて生きた心地もしなかった。奏から、一言も喋らなくていい、と事前に言われてはいたが、果たしてそれでやり過ごせるものなのかどうか懐疑的だったのだ。ここまではどうにかなったという安堵感も、一葉を脱力させた。

「大丈夫か」

ふらりと傾いだ身を、横合いから奏が支える。

意外だった。もっと冷たく無視して知らん顔しているのかと思っていたが、傍目に見れば仲睦まじい新婚ぶりに映っただろう。

「あらまぁ、桃子さん」

いかにも世間知らずで人のよい伯爵夫人が心配して近寄ってくる。伯爵や夫人とは結納《ゆいのう》の際に一葉として会っていただけで、今日のこの日まで桃子として会ったことはなかった。今まではそれで済んだが、今後は近しく接していかねばならないだろう。綺麗に化粧し、秘密を知る乳母フユの手で完璧に女物の衣装を着せ付けられていれば大丈夫、と奏は請け合った。だが、この先の

日常生活を考えると、一葉は気が遠くなりそうだ。第一、いつまでも俯いて黙ってばかりはいられない。奏は一葉の声を桃子とそっくりだと言うが、自分では自信が持てなかった。

「お疲れなのね。無理はないわ。ただでさえいろいろあって大変だったんですもの」

「控え室に連れていきます」

すかさず奏が言い、隠して庇うように一葉の背中を自分の胸に引き寄せる。

一葉は奏の意外に広い胸に抱き込まれ、どきりとした。

「二人きりにさせてください、母上」

「ええ、そうね。それがよろしいわ、奏さん」

「どうぞ我々のことはお気になさらず、先に屋敷にお戻りください、父上。後日あらためてご挨拶に伺います」

「あら、でも……」

「わかった。そうしなさい」

何事か言いかけた夫人を伯爵が遮る。伯爵は一葉の父を「ぜひご一緒に当家へお越しいただけませんかな。主役二人は好きにさせておき、我々は水入らずで祝杯をあげ直すことにしましょう」と誘っていた。

「か、…いや、桃子」

伯爵たちと行く前に、父が遠慮がちに一葉に声をかけに来る。

一葉は奏の胸から離れて父の方を振り向いたものの、やはり顔は上げられなかった。恥ずかしい。こんな女装したところなど、父には特に見られたくない。

「……すまない」

項垂れたままの一葉に、父はぼそりとした低い声でそれだけ言うと、離れていった。

一葉は思わず顔を上げ、伯爵夫妻とともに歩き去っていく父の背を目で追いかける。

父の後ろ姿にはまるで覇気がなく、横幅があって頑健だった体もこのひと月あまりの間に信じられないほど痩せて貧相な印象になっていた。気のせいか、白髪も増えたようだ。

「行くぞ」

奏が温かみのない声で促し、一葉から離れて先に立ち、歩きだした。

置き去りにされては堪らなかったので、一葉は慌てて奏の後をついていく。

ドレスの長い裾が足首に絡まってうまく歩けない。式の間着せられていた十二単よりはこの洋装のほうがまだましだが、介添えなしではとにかく不自由だ。

奏は一葉のことなどいっこうに気にせず、振り返りもしない。先ほど見せた気配りは単なる周囲へのポウズだったのがあからさまだ。せめてもの救いは普段より歩く速度をぐっと落としていたことだけである。

控え室へ行く間にも、すれ違う人すれ違う人がことごとく祝いの言葉をかけてくれた。前を歩く奏と対《つい》でいれば、聞かずとも新婚夫婦だとわかる。

一葉は嫌で嫌で堪らなかった。せっかくおめでとうと言ってもらっているのに申し訳ないのだが、一葉自身は少しもおめでたい気分ではないのだ。

早くどこかに隠れてしまいたい。そして、一人にしてほしかった。

奏が控え室の扉を開き、やっと一葉を振り向いた。

すっと腕が伸ばされてきて、手を取られる。

一葉は奏が支え開けている扉をくぐった。誰もいない六畳ほどの部屋だ。一畳程度の広さの板敷きの向こうは畳が敷いてある。ここは着付け用の部屋として準備されたものだ。壁際に化粧台と姿見があり、桐《きり》の長持《ながもち》や衣装箱がいくつも積まれている。奏の前を通るとき軽く背を押され、そのまま彼も一葉について部屋に入った。

背後で扉がパタンと閉まる。

人目のない場所に落ち着けた安堵から、ほうっと溜息が洩れた。

「疲れたか」

「……はい」

ずっと黙っていたので、久しぶりに自分の声を聞く気がした。

踵《かかと》の高い靴を脱いで畳に上がる。

一葉はドレスの裾を気にしながら部屋の真ん中辺りに座ったが、奏は窓際まで歩いていって一葉には背を向けたまま外の景色を眺める。

付け髪と地毛を馴染ませて結い上げるのに使われている無数のピンのせいで、頭が痛い。一葉はそっとこめかみに指を当てた。

ピンのせいばかりではなく、実際に頭痛もするようだ。

「少し休んだら、フユに着替えを手伝ってもらうといい」

窓から目を逸らさぬまま、奏は淡々と話す。フユを呼び捨てにするのは、今後フユが滋野井桃子となった一葉に付き従うことが決まっているからだ。つまり、フユは今日から子爵家ではなく、伯爵家の人間なのである。

「これからまた伯爵邸で祝宴ですか？」

嫌だと思っている気持ちが先に立ち、張りのない声になる。一葉はてっきり、着替えたら伯爵家に向かい、そのままそこに住むことになるのだと思っていた。

ところが奏は「いや」と否定したのだ。

「わたしたちは新居に向かう」

「新居、ですか？」

初耳だ。一葉はまともに面食らった。

「きみとわたしが住む家を用意した。父の屋敷に比べると手狭で質素な洋館だが、二人で暮らすには十分だろう」

いっきに一葉の憂鬱《ゆううつ》の大半が吹き飛んだ。

一葉は心から奏に感謝した。今の今まで伯爵夫妻と同居するのだと思い込んでいたので、どうすれば男であることを隠し通せられるのか、そのことばかり頭痛がするほど頭を悩ませ続けていたのだ。救われた気分だった。

考えてみれば、奏としても、いつ一葉が男とばれるやもしれない状況を座して見ているわけにはいかないのだ。そうなると奏自身も困るはずだ。伯爵夫妻にはどう言ったのか知らないが、家を用意して別居するのは、当然といえば当然かもしれない。

「まぁ、きみが子爵やうちの両親とゆっくり酒を酌《く》み交わしたいと言うなら、そちらに寄ってから帰宅しても構わないが？」

「いいえ。僕は今日はもう何もしたくありません」

「……なるほど」

奏が首を回してちらりと一葉を流し見て、皮肉の籠もった相槌を打った。

ぎくしゃくとした空気が二人の間に入り込む。

一葉はコルセットで締め上げられた胴を手のひらで押さえ、ひっそりと溜息をつく。奏に対する苦手意識はますます強まるばかりだ。こんなことで、この先どうやって接していけばいいのだろう。気が重くて仕方ない。

しんとなった室内で、一葉は居心地悪く畳の目を数えていた。

奏は窓を向いたままだ。

控えめに扉を叩く音が聞こえ、フユが入ってきたとき、一葉は本気で助けられた気分だった。奏はフユを見ると部屋から出ていった。本人たちの意識では男同士だが、周囲は式を終えたばかりの新郎と新婦だとしか捉えない。新婦の着替えに新郎が立ち会っているのは、ちょっと不自然だ。そのへんは奏もきちんと踏まえている。

「一葉様。お疲れさまでございました」

二人になってから、フユが複雑な表情で一葉と向き合う。

一葉はできるだけ明るい顔つきでいるよう心がけた。フユを心配させたくなかったのだ。

「僕は平気だよ。それより、今後はなるべく僕のことをその名前で呼ばない方がいいね。どこで誰に聞かれているかわからないから。……僕も、人前では、『僕』ではなく『わたし』とか『わたくし』と言うように心がける」

「はい。はい、承知しております」

フユは戸惑いを隠しきれないまま答える。

ドレスを脱ぎ、綺麗に結い上げられていた髪を崩す。それだけで一葉はほっと息をつけた。付け髪を外しても、一葉の髪は男にしては長い。以前よりずいぶん伸びた。奏の妻になると決心してから、それまでの自分を捨てる覚悟を忘れないようにと、自分から進んで伸ばし始めたのだ。あと半年もすれば、付け髪なしでも十分女性の髪型らしくなるだろう。そのうち言葉遣いや立ち居振る舞いも今よりずっと女っぽくなり、奏の妻役が板についてくるのかもしれない。

「次のご衣装はこちらをと旦那様が仰せでございます」

こちら、とフユの手で取り出されたのは、胸の部分にフリルやリボンをふんだんにあしらった桜色の美しいドレスだった。首の部分までレエスで覆われるようにデザインされていて、喉の尖りも目立たない配慮がなされている。

一葉は諦めてドレスに袖を通した。

胴をコルセットできつく締め上げられたままだが我慢する。男の体で腰を細く締め上げたドレスを纏《まと》うためには、そのくらいしなければならなかった。

さらさらした黒い髪は、手先の器用なフユにかかると、あっという間にドレスに似合った形に整えられ、どこからどうみても立派な令嬢に化けてゆく。鏡に映る顔は確かに桃子に瓜二つだ。

一葉は自分ではない顔を見つめ、呆然となった。さっきまでの濃いめの化粧を落とし、代わりに自然な印象の化粧を施すと、在《あ》りし日の桃子そのものだった。

「お美しくていらっしゃいます」

フユも桃子を思い出していたのだろう。声が涙ぐんで湿っぽい。だがフユはすぐに気を取り直した。いつまでも弱気になっていてはいられないと、気持ちを入れ替えたようだ。

「さぁ、できました。きっと旦那様も目を瞠られますよ。あなた様にはフユがついております。これからも精一杯お世話させていただきますから、大船に乗った気でいらしてくださいませ」

「フユ」

ありがとう、と一葉は心を込めて言った。

一葉の味方になってくれるのは、今から先はフユだけだ。

しっかりしなければ。

「旦那様をお呼びして参ります」

そう言い置いていったん部屋を出たフユは、五分ほどで奏と一緒に戻ってきた。

奏は一葉をじっと見つめ、フッと口元を綻ばせる。満足したようでもあったが、からかいを込めただけだったのかもしれない。一葉にはどちらともわからなかった。特に何の言葉もかけられなかったので、とりたてて感心しはしなかったのだろう。一葉はまたしても奏の冷淡さを知った気分だった。誉め言葉を期待していたわけではないが、もう少し何か喋ってくれてもよさそうなものだ。一生こんな調子かと思うと、早くも挫折しそうだった。

荷物などの後片づけをしなければならないフユを残し、一葉は奏と車に乗った。

これから行く先が、今夜から一葉の家なのだ。

もう子爵家には戻れない。

不安は山のようにあった。たとえば、子供のこと。一葉を女と信じている伯爵夫妻は、当然二人の間に子供を期待するだろう。一年や二年はどうにかごまかせるかもしれないが、その先どんなふうに言い抜けるのか……一葉は他のこと同様に、このことについても奏から何も聞かされていなかった。

よそに妾を持って、その女性との間に子供をつくる気だろうか。

――嫌な感じだ。

一葉は胸にツキッとした痛みを感じ、それをただ、嫌な感じだと思った。

それ以外、これまで経験した覚えのないその痛みに付ける名前を、一葉はまだ知らなかった。

それどころか、なぜそんな痛みを感じたのかさえ、このときまるで無自覚だったのだ。

新居は高輪《たかなわ》の丘の上に建つ洋館だった。

午後八時を過ぎて到着したため辺りは暗く、屋敷の外観もよくわからなかったのだが、車寄せから石段を三つ上がった玄関ポーチに灯されたランプの明かりで、白い漆喰《しっくい》の壁が照らしだされていた。目の粗い西班牙《スペイン》ふうの塗り壁である。ポーチの上には褐色の瓦屋根を二列ばかり張り出させた庇《ひさし》がついている。両開きになった玄関扉は、格子戸のように桟《さん》が数本渡された中に長方形の硝子が填《は》め込まれ、内側に窓掛けが提げられていた。

今日からここが一葉の住む場所なのだ。

奏に手を取られて、真新しいドレスの裾を踏まないように気を付けながら石段を登った一葉は、おそるおそる建物を見上げ、堂々とした佇《たたず》まいに圧倒された。手狭な別邸、と奏は言っていたが、予想していたものよりずっと立派なお屋敷だ。滋野井伯爵家の財力を見せつけられた気がする。

車が到着した物音を聞きつけたのだろう、室内から玄関扉が開けられ、西洋風のエプロンドレスを身につけた中年の小間使いが深々とお辞儀をして、二人を出迎えた。

「おかえりなさいませ。旦那様、奥様、このたびはご成婚、誠におめでとうございます」

「ああ、ありがとう」

この屋敷の使用人はマツ子《こ》というその小間使いと、一葉と一緒に高柳家から来たフユの二人だけらしい。大勢の見知らぬ人々に取り囲まれて過ごす日々を想像していた一葉は、またひとつ気が楽になった。マツ子は落ち着いた態度の、少し怖そうにも思える堅苦しい顔つきをした人だ。寡黙《かもく》で他人のことなどあまり詮索《せんさく》しない質《たち》のようで、一葉に対してもまったく好奇心を示さない。その点が一葉には非常にありがたかった。この分ならば必要なこと以外話しかけられることもなさそうだ。

玄関の先は赤い絨毯の敷き詰められたホールになっていて、凝《こ》った意匠《いしょう》の階段が二階へと続いている。親柱に見事な細工を施した優美な木製の階段で、天井から吊り下げられた硝子製の大きなランプの存在感もあって圧巻だった。洋館に於《お》ける階段室はもっとも主張の強い部分、つまり見せどころとなるものだが、この階段も訪れた人を感嘆させるだけの豪勢さと美麗さを十分に持っていた。

「まず、二階を案内しよう。一階には居間や朝食室の他、来客用の食堂や応接室があるだけだ」

奏は先に立って階段を上っていく。

慣れない衣装に何度となく躓《つまず》きそうになりながら、一葉はとにかく奏の背中を追っていった。要所要所では手を貸してくれる奏だが、基本的には一葉に頓着《とんちゃく》しない。すうっと背筋が伸びた後ろ姿は優雅だ。式の最中の和装も似合っていたが、洋装はさらに彼の魅力を引き立たせる。

さぞかしもてるのだろうな、と一葉は思った。

容貌も財力も社会的地位も、何一つ欠けたところがない。奏の前途は洋々としており、傍目には悩み事などなく思える。

それでもこんな偽装結婚をしなければならないのだから、他人には真の心の奥は窺い知れないものだ。

身分の差なのか、はたまた道徳的な問題などが理由で添い遂げられないのか――一葉は奏の背中を見ているうちに、こういう男が焦がれる相手とはいったいどういう人だろうかと想像を巡らさずにはいられなくなった。一葉の前では感情をほとんど露わにしない奏が、好きな人の前ではどんな表情をし、どれほど熱心に語りかけるのか。興味深かったが、残念ながらいくら脳裏に思い描こうとしてもうまくいかない。奏と恋というのがどうしても結びつかないのだ。これまでのところ一葉は奏の理性的な部分しか見ていないから、奏が誰かを愛して夢中になっている姿など、想像するにもしようがなかった。

世間を偽る生活がこの先ずっと続くのかと思うとぞっとする。しかし、もう賽《さい》は投げられた。奏には奏の、一葉には一葉の事情がある。利害関係が一致した上での大胆なお芝居は、互いが望んだ結果なのだ。先に言いだしたのが奏だからといって、彼にばかり責任を押しつけて頼るようなことは考えていない。一葉の頭にあるのは一蓮托生《いちれんたくしょう》の思いだった。それもひとつの絆《きずな》には違いない。

きっとうまくやっていける。

一葉は自分を納得させ、気をしっかり持つために、何度も胸中でその言葉を繰り返した。

階段を上り詰めると、手前に一階部分にあるのと同じくらいのホールが広がっており、廊下が左手に長く伸びていた。ホール正面とそのすぐ右側、そして右手にあるごく短い廊下の突き当たりに、それぞれドアがある。右の二つが寝室、そして正面は書斎になっていた。二つの寝室は来客用の予備らしい。

奏は書斎の扉を開いた。

「わたしはたいていここにいる」

奏に続いて足を踏み入れてみると、室内は重厚な英国調の調度品で品よくまとめられていた。いかにも奏という男が好みそうな部屋だ。西側の壁面に、暖炉を挟む形で左右にぎっしりと書物が詰まった作りつけの棚がある。それを見た一葉はふと父の書斎とだぶらせ、切ない心地になった。一葉は父の書斎が大好きだった。古い紙の匂いといつも父がつけている整髪料の匂い。とても落ち着ける場所で、子供の頃から入り浸っては父を苦笑いさせたものだ。もうそこに戻ることはないのかと思うと、少しばかり感傷的な気分になる。

ちょうど暖炉の対面に位置する扉は、奏の寝室へと繋がっていた。もちろん寝室には廊下側に出る扉もあった。

二間続きの奏の部屋を出て隣に行くと、そこは南向きの壁を張り出させて二つの角を落とすという珍しい形をした南東の角部屋で、どこからどう見ても夫婦のための主寝室である。部屋の中央を占拠しているのは大きくて立派な寝台だ。四本の支柱に天蓋《てんがい》が掛けられており、純白の夜具が目に染みるほど眩《まばゆ》い。

「きみとわたしが寝る場所だ」

奏が抑揚のない声で言う。

一葉はどんな表情をしていればいいのかわからず、黙って睫毛を伏せた。マツ子の手前があってわざわざ準備した部屋なのだろうが、使わないとわかりきっているものにこれだけ贅《ぜい》を尽くされては、申し訳ない気持ちになる。滋野井家にとっては気にする必要もない些末な出費には違いないが、一葉としては世間を欺《あざむ》いている罪の意識が増幅されて心苦しかった。

今夜はもう自分の部屋に引き取らせてもらいたい……。一葉がそんな気持ちを込めて奏を見ると、奏はそれまで一葉に当てていたらしい視線をすっと逸らした。

「きみには婦人用の家具を入れた居室をこの向かいに調《ととの》えている。家具類が気に入らなければ、舶来ものの家具を扱う馴染みの店があるので、そこからご用聞きを呼んで自分の好きな品と交換させるがいい。もちろん、必要な品があればいくらでも買い足して構わない」

「はい。ありがとうございます」

「とりあえず、今夜はもう休もうか」

「はい」

奏の口から思いやりを感じさせる言葉が出て、一葉は心の底から安堵した。

「それでは、おやすみなさい」

一葉が就寝の挨拶をして扉の方に歩いていきかけたところ、

「どこに行く?」

と奏に引き留められた。

一葉は訝しく奏の顔を振り仰ぐ。

「……あの、自分の部屋に……」

「きみの部屋にはベッドはない」

「えっ?」

それがどういう意味なのか咄嗟《とっさ》にわからず、一葉は困惑した。奏の表情にはまったく変化は見えない。

「夫婦になるというのは、ここでわたしと寝るということだ」

「でも、でも、滋野井さん!」

「わたしは奏だ。今日からきみ自身滋野井の姓になったのだから、今後はわたしを名前で呼ぶべきだと思うが」

静かながら確固たる口調で訂正されたが、一葉としては今それどころではない。くらくらする頭を右手で押さえつつ、どうにかして動転した気持ちを鎮《しず》めようと必死だった。そこまで徹底して夫婦の振りをしなくてはならないとは思ってもみなかった。とりあえず、外に対してだけやんごとなき家に嫁いだ女性として通せば、あとはべつべつに過ごせるのだとばかり理解していたのだ。

「小間使いの手前もある」

少し言い訳がましく奏が言った。しかし、今夜だけ一緒に寝てあとは書斎と続きの寝室で寝る、というつもりでもなさそうだ。

一葉はあらためて大きな寝台に視線を伸ばした。

確かに広々としているが、二人で寝るのには気まずさがつきまとう。奏は見るからに神経質そうだ。体の一部が触れ合わないように気遣い合ってでは、落ち着いて休めないだろう。

「どうしてもそうしなければいけませんか？」

一葉の縋るような問いに、奏は軽く肩を竦めただけだった。何度も同じことを言う気はない、という意味に受け取れた。

「すみません、僕……どんなふうにしていればいいのかわかりません」

動揺したままの一葉の声は頼りなく響く。自分でも情けないくらい狼狽《うろた》えていた。

「何もしなくていい」

奏はあっさりと返す。

ただ隣で横になっていればいいという意味だろう。

——仕方がない。

一葉は軽く唇に歯を立て、「わかりました」と答えて頭を下げた。

「部屋で女物の衣装を脱ぎ、化粧を落としてくるんだな。脱ぐだけなら一人でもできるだろう。引き出しに寝間着《ねまき》と外衣《がいい》が仕舞ってある。準備ができたら廊下の突き当たりにある浴室を使うといい」

「はい」

「わたしは一足先に風呂を使わせてもらうが、きみも疲れをとってから寝なさい」

「わかりました。奏さんがお上がりになった頃、浴室に伺います」

結局、一葉は奏に買われたようなものなのだ。お互いに利害が一致して今の状態になったのだとしても、二人の関係は対等とまではいかない。一葉の立場はとても弱く、奏の意思ひとつでどうにでもされてしまうのである。一葉が奏の不興を買えば、たちどころに子爵家の存亡は危うくなるだろう。奏にはそれだけの力が備わっている。一葉に逆らうことはできなかった。

主寝室の北側にある一葉用の部屋も綺麗に調えられていた。隣は使用人部屋だ。おそらくフユはここに寝泊まりすることになるのだろう。

花柄があしらわれた優しい色合いの壁紙は女性的だったが、選ばれている家具が優雅さの中にも男性的な線の強さを主張した作りのもので揃えられているため、部屋全体の印象は甘くなりすぎることなくまとまっている。奏がこれらの家具類を選んだのだとすれば、男である一葉の気持ちを汲んでくれたのだとしか思えなかった。奏はまるっきり一葉に気を遣っていないわけでもないようだ。少しは心が慰められた。奏があえてこの部屋を自分で案内しなかったのは、彼の照れくささの表れのような気さえしてきて、微笑ましさを覚えた。

胴を締め付けていたコルセットを外すと、いっきに体が楽になる。そして、付け髪とおびただしい数のピンを外し、地毛だけになったところで、さらに身軽になった。

ようやくほっと人心地つく。

鏡台の上にずらりと揃った舶来ものの化粧品の瓶をひとつひとつ確かめ、さっき和装から着替えた際にフユがしてくれたのと同様の手順で化粧を落とした。

鏡に映る顔は、赤い紅をさした桃子の顔から、青白くて少し疲れた表情の一葉に戻っている。

こんな暗い顔をした男と暮らして、果たして奏は満足できるのだろうか。

早晩この猿芝居は、耳を塞ぎたくなるような醜聞だけを残し、あっけなく幕を閉じるのではないか。

そう思うと、一葉は心臓が破れそうなほど嫌な胸騒ぎを感じた。

怖い。

きっといざとなったら誰も一葉や父、子爵の味方をしてはくれないだろう。奏も当てにはできない。自分の身は自分で守る他ないのだと思うと、どうしようもなく不安が込み上げる。

「桃子」

コツン、と扉をひと叩きして外から声をかけられ、一葉ははっとした。

「は、はい」

慌てて立ち上がり、羽織っていた外衣の前を掻き合わせる。

「わたしは上がった。ちょうどいい湯加減だ。冷めないうちに入りなさい」

扉越しにそれだけ言うと、奏は立ち去ったようだ。廊下を歩く室内履きの足音が遠ざかっていき、前の部屋の扉を開け閉めする音が続いた。

奏から声をかけられるたびにいちいちびくついていては身が保《も》たない。

早く慣れなくては。

一葉は気持ちを引き立たせるために背筋を伸ばして大きく息を吸い込んだ。

浴室には湯気が充満しており、香料の入った石鹸《せっけん》の香りが強くした。

滋野井伯爵は西洋趣味で知られている。その影響を受けたのか、息子の奏も一年ほどロンドン大学に留学した経験があり、生活様式にずいぶん西欧式を取り入れているようだ。細かな日用生活品にも英吉利《イギリス》や仏蘭西《フランス》から取り寄せた品を愛用すると聞いていたが、石鹸ひとつ取ってみてもその通りだった。

少しでも時間を引き延ばしたいという気持ちが無意識のうちにも働いていたのか、普段より長く湯に浸かっていた。おかげで上がったときに軽い眩暈がして、しばらく目の前が真っ暗で何も見えなかった。こめかみがずきずきと痛む。どうにか脱衣所に出て、真鍮《しんちゅうせい》製の手拭いかけに掴まってじっとしているうちに治ったが、こんな経験は今までなく、少々焦った。たぶん、ここのところ不安が高じてぐっすりと眠れなかったのが原因だろう。思わぬところで自分の弱さを知った気がした。

いつまでも裸のままぐずぐずしているわけにはいかなかったので、素肌の上から寝間着を着た。明朝フユがこの屋敷に来るまでは、新しい下着がどこにあるのかわからない。万事抜け目なく準備してくれていた奏にしては意外な手抜かりだという気もしたが、さすがに奏も女物の下着までは用意させていなかったようで、それはそれで胸を撫で下ろしていた。今晩一晩くらいは下穿《したば》きなしでも我慢できる。

奏と同じ寝台に休むのは気が引けたが、腹を括るしかない。一葉が思っていたのは、奏はずいぶん慎重なのだな、ということだけだった。二人で寝ることにその他の意味を感じ取ってはいなかったのだ。

主寝室の長椅子で読書をしていた奏は、おずおずとした足取りで室内に入っていった一葉を見ると、パタリと書物を閉じて立ち上がった。

「大丈夫か？」

ぶっきらぼうな調子で聞かれる。

何が大丈夫かと確かめられたのか定かでなかったにもかかわらず、一葉はさっき立《た》ち眩《くら》みを起こしたところを奏に見られていたのではないかという錯覚にとらわれ、ぎこちなく「え、ええ…」と答えていた。なんでも見透かしてしまうような奏の鋭い視線に、緊張し、強張る。

「ベッドに行きたまえ」

奏に言われ、一葉は寝間着の胸元についた釦《ボタン》を強く手の中に握り締めながら、部屋を横切っていった。

奏は出入り口のすぐ横の壁に歩み寄り、スイッチを下ろして天井に吊り下がっていたランプの明かりを消す。残る光源は寝台の横に置かれたナイトランプの小さな明かりだけで、室内はその周辺を残して暗くなる。

ちょうど天蓋《てんがい》の下に入ったところだった一葉は、寝台の傍らで戸惑い気味に立ち尽くした。

「……どうした？」

反対側から先に寝台に上がった奏が一葉を見上げ、促す。先ほどまで寝間着の上に重ねていた外衣は脱いでいる。もう寝るばかりの態勢だ。

一葉の喉は緊張のためにコクリと鳴った。

これではまるで、初夜の床《とこ》に入るのを躊躇《ためら》う処女のようだ。実際のところは知る由《よし》もなかったが、一葉は漠然とそんなふうに感じ、みるみるうちに首筋まで上気させた。物心ついてからというもの、誰かとひとつの寝台で寝たことなどない。照れくさくて奏の顔をまともに見られなかった。

「来なさい、一葉」

もう一度強く促される。

一葉はじわじわと寝台に膝を乗り上げさせた。

キシリ、と硬質なバネの音がする。そんなものさえも奇妙に生々しく、一葉は頬をさらに熱く火照《ほて》らせた。これから毎晩こんな恥ずかしい思いをさせられるのだろうか。そのうち慣れて当たり前になるだろうか。不安は次から次へと湧いてくる。

毛布を捲《めく》って体を横にする。

奏との間には、少しばかり寝返りを打っても手足が触れ合わない距離を置いた。

昨日までほとんど知らなかった他人とこんなことになっている今の状態が、どうしてもうまく受け入れられない。そもそも一葉にとって奏という男は、妹の未来の夫、義理の弟という認識でしかなかった。個人的な付き合いはまったくしてきていない。いつも桃子を介してのみ自分と関わってくる男だったのだ。嫌悪感はないが、かといって特別な親しみを感じるわけでもなく、寝入るまでの時間をどうやってやり過ごせばいいのか悩んでしまう。

枕に頭を乗せて仰向けになったまま身じろぎもせずにいると、奏が僅かに寝台を揺らし、一葉との間を詰めてきた。

ぎくりと身が竦む。

奏の手が一葉の肩を抱いてきた。

「そ、奏さん……？」

気がつくと、伸ばした足の間に奏の片足が入り込んでいる。慌てて身を捩《よじ》ろうとしたが、奏が覆い被さってきたため叶わなかった。

「どうしたんですか？」

戸惑いを隠せずに聞く。

ランプの明かりに照らされた奏の整った顔が、仄《ほの》かに微笑んだ気がした。

「きみはじっとしていればいい」

「で、でも……あの……」

「黙って」

立てた指で唇を押さえられる。

一葉は奏の確信しきった強い目に、吸い込まれそうな心地になった。

奏が顔を近づけてくる。一葉は反射的に目を閉じた。

唇に温かくて柔らかな感触が押しつけられてきて、一瞬全身がおののく。接吻されているのだ。気づいたのは何秒かしてからだった。誰かと唇を合わせている。もちろん初めてだ。たちまち頭の中が真っ白になる。

情欲など持ち合わせぬように取り澄ました奏がしているのだとは信じられないほど、くちづけは濃密だった。初めに口唇《こうしん》をたっぷりと吸い上げ、一葉が喘ぐように唇に隙間を作ると、次には舌を中に差し入れてくる。一葉は驚いた。思いもしていなかった行為に、どうすればいいのかわからずに狼狽えてしまう。

経験豊富なのか、奏は実に慣れていて手際がいい。

いったいどこでこんなことを覚えるのか想像もつかない。初《うぶ》な一葉は大人の淫靡な世界に戸惑うばかりだ。

奏の熱い舌が一葉の口の中を自在に動き回り、呻き声をたてずにはいられないほど淫らな感覚を引きずり出す。

「や……めて……、あっ」

唇が離れた隙に必死に声を出して制止を求めても、すぐにまた舌を搦《から》め捕《と》られて強く吸引されるので、うまく言葉にならない。

「うう、…うっ」

粘膜が接合を繰り返す湿った水音が、静かな室内に響く。耳にするたび一葉の体は羞恥に体温を上昇させた。ときおり零れる自分の声の艶《なま》めかしさに耳を塞ぎたくなる。こんなのは自分ではないと思いたかったが、吐息に絡んで洩れる声は間違いようもなく一葉の唇から零れている。

「どうして……？　どうして、こんな……」

やっと口を離してもらったとき、一葉はうっすらと涙を浮かべた目で奏を見上げ、声を震わせた。

「忘れたのか？　きみはわたしの妻だ」

「そんな」

強い衝撃に一葉は言葉を詰まらせる。

身代わりの結婚は了承したが、あくまでも振りだけのつもりだった。当然、奏もそのつもりなのだと信じていた。

抱かれることなど少しも考えていなかった一葉は、すっかり動転し、言葉を失ってしまう。

奏には訳あって結ばれることができない恋人がいるはずだ。その人のことはどうするつもりなのだろう。諦めたのなら一葉との滑稽《こっけい》な芝居は必要ない。諦めきれないからこそ、こうやって世間体を取り繕い、裏でこっそり逢瀬ができるような環境をつくったのだ。それなのに、なぜ一葉にまでこんなことをするのか、奏の神経が理解できなかった。

一葉の弱々しい抵抗の言葉には耳を貸さず、奏は長い指で一葉の寝間着の釦を外す。一葉は焦って奏の体を押しのけようとしたが、細身に見えても案外がっしりとしているため、びくともしない。瞬く間に前をはだけられ、素肌を手のひらで撫でられる。

「あっ、……いや」

他人に触れられたことのない体は過敏に反応し、一葉に女のような声をあげさせた。

フッと奏が真上で笑う気配がした。

恥ずかしさと悔しさで一葉はいたたまれなくなる。消えてしまいたかった。男の身でありながら、女として扱われる屈辱感を味わわされるのだ。理不尽さに泣きたくなる。興味本位なら今すぐやめて欲しかった。だが、一葉にはやめてくれと頼む代わりに差し出せるものもなく、じっと堪えるしかない。

胸や脇を手で撫でたり唇を辿らせたりしながら、次第に愛撫の場所は下に降りていく。

下半身につけた寝間着ごと足の間を摑まれた一葉は、びくっと身を震わせ、いちだんと色気の交じった声を出した。

「ああ、あ」

奏の手に握り込まれただけで、若い茎《くき》ははしたなく硬くなる。

さっきまでさんざん淫靡なくちづけを受けたり、敏感な胸の粒を弄《いじ》られたりしていたせいで、少しずつ感じて高ぶっていたのだ。股間に熱が集まり重苦しくなっていくのを、一葉はどうすることもできずに堪えていた。そこをまともに摑まれ、的確な指の動きで擦り上げられると、堪らない快感に頭の芯が痺れた。

「い、…っ、や……。いやだ、奏さん。あああ、いや」

淫らに腰がくねる。

奏の手は寝間着のすきまから中に入り込み、直に陰茎を手にして揉みしだいていた。

一葉が喘いで身を捩るたびに寝台がきしきしと揺れる。

「いきなさい」

じっと一葉の反応を見つめていた奏が一葉の限界に気づき、低い声で耳元に囁く。

息を吹きかけられる感触に、ぞくっと快感の鳥肌が立った。

「ああ、あっ、……ああ」

一葉はあっけなく禁を解き、奏の手のひらに放ってしまった。

「……うう」

放った途端、全身が弛緩する。

荒い息をついて肩を喘がせ、ぐったりとなった一葉からいったん身を引いた奏は、ナイトランプの脇から手拭いと懐紙《かいし》を取ると、汚れた手を拭き、一葉の後始末をしてくれた。

毛布を剝《は》がれ、寝間着をすべて脱がされても、一葉にはすでに抵抗する気力がなかった。奏のするまま、呆然と身を任せるだけだ。

全裸になった一葉を、やはり寝間着を脱ぎ捨てた奏が抱きしめる。

肌と肌を合わせる感覚は一葉を少しだけ落ち着かせ、和ませた。ついさっき他人の手でいかされた恥ずかしさも薄れ、愛情としか言いようのない新しい感情が微かながら芽生えてくるのがわかる。人と人が抱き合う行為には、言葉で語り合う以上に直接的で強力な、意思の疎通を可能にする不思議な力が備わっているようだ。

呼吸を整えた一葉に優しい接吻をした奏は、一葉の手を取って自分の股間に導いた。

「あ…」

熱い。それに、びっくりして手を引いてしまいそうになるほど硬く強張り、大きく育っている。

「今度はわたしの番だ」

「でも……」

「一葉」

当惑してたじろぐ一葉の唇を、奏の唇が黙らせるように塞ぐ。

これまでに何度も何度もくり返しされたので、もうくちづけには驚かなくなっていた。奏のやり方が少しずつわかってきたから、落ち着いて受け入れられるようになったのだ。我ながら順応性の高さは意外だ。それに、男同士なのに最初の驚きと戸惑いが去っても嫌悪を感じないのが不思議だった。

「…一葉」

くちづけの合間に奏は一葉の名前を呼ぶ。決して桃子と間違って呼ぶことはない。頭がぼうっとしていた間は自然に受け留めていたが、あらためて考えるとおかしな気分になった。奏は一葉が一葉であることを認めた上で、こんな行為をしているのだ。

奏の指が予期しない部分に忍んできた。

「あっ！」

緩く開いていた太ももをぴったり閉じ合わせ、奏の手を挟み込んでしまう。

「力…、抜いて」

「で、でも」

あり得ないところを触る指が怖くて、一葉は必死に首を振った。

しかし、奏にもう一方の手で弾けたばかりの陰茎をまた弄られだすと、すぐに膝が緩み、太ももを締めつけていられなくなる。

自在に動かせるようになった指が、恥ずかしい襞《ひだ》を掻き分け、狭い筒の入口に爪の先を差し入れる。

「いやっ……、ああ、あ」

喉から引きつった声が出た。

「怖い」

「ひどいことはしない」

一葉の哀願をさらりとした口調で切って捨てた奏は、サイドチェストの引き出しを開け、チューブ入りの軟膏《なんこう》に似たものを手にした。一葉が新たなものに恐々とした視線を向け、意識を逸らしていた間に、秘めやかな場所を穿《うが》つ奏の指はさらに奥へと進んだ。

「あ……あっ」

これまで味わったことのない異様な感触に、顎がくっと反り返る。目尻からは生理的な涙が滲み出た。

「抜いて、抜いてください。お願いです」

無駄を承知で頼む。

すると、どうした気まぐれか、奏は一葉の中から長い指を抜き出した。

一葉はほうっと深い吐息をつく。

しかし安堵はすぐにかき消えた。

もう一度指が、じんと痺れた入り口をまさぐり始める。今度はとろりとしたものの助けを借りているため滑りがよくなっている。一本の指を付け根まで含まされたかと思うと、すぐにまた別の指が隙間を掻き分けながら入り込んできた。

「ああっ、あ」

二本の指が自分でも知らない奥深いところで蠢《うごめ》く。

痛みより気持ち悪さが強く、一葉は奏の肩を摑んで、ときどき爪を立てた。

「やめて、奏さんっ、いやだ…僕、こんな……あああ」

いくら許しを求めても奏は退《ひ》かない。

退くどころか、さんざん一葉を指で苦しめ、泣かせた挙げ句、足を大きく割り開かせて腰を入れてきた。

濡れそぼった秘部に、熱く硬い先端が押し当てられる。

「奏さん！」

嫌だ、と叫びかけた声は、強引な侵入がもたらした衝撃に、言葉にならない悲鳴となって喉から迸《ほとばし》った。

「あああああっ」

目の前が真っ暗になる。貧血を起こして床に沈み込んだときと同じ感覚に襲われた。

重みを伴った硬いもので深々と貫かれ、揺すられる。

粘膜を擦り上げられた痛みや、本来あるべきでないものをみっしりと含み込まされた閉塞感は辛かったが、最初の衝撃が去ると、次に来たのは得体の知れない淫猥《いんわい》な感覚だった。

それを一葉はまだ快感だとは捉えなかったが、自分が自分でなくなるような、落ち着いていられないむずむずする感じを知り、狼狽えた。味わってはいけない禁断の蜜を舐めた気がして、罪の意識に背筋が震える。

奏の腰の律動は止まらない。

強弱をつけ、様々な角度から一葉の内側を押し上げ、叩き、責めたてる。

「ああ、あああっ、……もう、もう！」

一葉は激しい勢いで頭を左右に振り、純白のシーツの上に黒髪を散らばらせた。

眩暈がするほどの痛みと法悦。

痛さ、辛さだけなら堪えようもあっただろうが、未知の感覚に痺れる頭の芯が一葉の理性をめちゃくちゃにした。

「あああ！」

ひどく感じる部分を奏の先端でぐりっと抉《えぐ》られ、一葉は嬌声《きょうせい》を上げて上体を弓形《ゆみなり》に仰け反らせた。腹部に生温かなものがとろりと糸を引く感触がある。またいってしまったのだ。触れてもいないのに。一葉は自分のはしたなさに赤面し、顔を隠すように奏の胸にしがみつく。

「一葉。……う」

それまで熱い息を吐くばかりだった奏の口から、色っぽい声が短く洩れた。

強く押しつけられた腰が動きを止め、ぶるっと一度、引きつるように胴を震わせる。

奏も逐情したのだ。

一葉は奏の紅潮した顔をぼんやりと見上げ、悟った。

血筋の高貴さがそのまま出た、品のいい顔立ち。色白で面長で、霞《かすみ》を食べて生きているような現実感のなさが漂う顔つきだ。そういう印象の男が、たった今、一葉の中で生き物の証《あかし》を迸らせ、快感に満ちた表情を浮かべている。なんだか夢の中の出来事のようだ。

じっと見ていた一葉の視線に気づいた奏は、少し照れくさそうに口元を緩ませた。

一葉の額に唇が降りてくる。

優しく触れただけですぐに離れたのだが、慈愛に満ちた接吻で、さっきまでの苦しさや恥辱が帳消しになった気がした。

奏がゆっくりと一葉と繋がっていたものを抜いていく。

そうして体を離されたとき、なぜか一葉は解放された嬉しさよりも、喪失感の方を強く感じ、よくわからない気持ちになった。望んでした行為ではなかったはずなのに、案外嫌ではなかったのだ。とはいえ、これからもずっとこんな夜が続くのかと思うと、易々とは受け入れがたい。男としての矜持《きょうじ》が一葉にもあるのだ。

内股を伝い落ちてくるものがあって、はっと身を硬くする。

ちょうど懐紙を手に取ったところだった奏が、すかさず拭い去ってくれた。意外にまめな人だ。口数が少なくてぶっきらぼうに見えるが、内面の優しさをそこはかとなく感じる。

たぶん悪い人ではない……。

一葉はそう思い、先のことを少しでも楽観的に考えるようにしながら目を閉じた。

Ⅲ

日中の間、屋敷にいるのはフユとマツ子と一葉《かずは》の三人という日々が続いていた。

奏《そう》はたいてい午後になると外出する。伯爵夫妻のいる本邸に顔を出したり、紳士同士の付き合いで倶楽部《クラブ》に行ったり、あるいは親しい知人の家に招かれたりしているらしいが、詳しいことは何も聞かされていない。一葉からも質問しなかった。

もともと室内で書物を読んだり絵を眺めたりして過ごすのが好きなので、閉じ籠もりきりの生活を苦痛とまでは感じない。

それでもたまに、自分はいったいなんなのだろう、と懐疑的になり、気分が鬱《ふさ》ぎ込むことはあった。こうなることはある程度想像していたし、覚悟もしていたつもりだが、いざ実際に経験すると、思っていたより悩んでいる自分がいる。存在意義が見いだせないことに、焦りを覚えてしまうのだ。

最初の夜以来、奏は一葉を毎晩抱く。

どれだけ昼間出歩いていても、夜遅くまで外出が長引いても、奏は必ず日付が変わるまでには帰宅する。初めの頃は主人である奏が戻ってくるまで寝ずに待っていた一葉だが、奏から十一時を過ぎたときには先に休むように言われ、その言葉に甘えさせてもらっていた。寝入っていても神経が立っているせいか、奏が上がってきたら、寝台の揺れで自然と目が覚めてしまう。奏は相変わらず口数が少ないが、就眠儀式のように一葉の体を抱き寄せ、手や唇を全身に滑らせる。

毎晩飽きることなくそんなふうなので、一葉は否応もなく抱かれることに慣らされていっていた。肌が薄く感じやすい体をしていたのか、快感を覚えるのは早かった。もちろん痛みがまったくなくなったわけではないが、泣くほど喘がされているうちに何がなんだかわからなくなり、気がつくと朝を迎えていることもある。男同士の違和感、罪悪感はまだつきまとうが、それも徐々に薄れていき、遠からず頭から消えてしまうだろう。

身の回りの世話をしてくれるフユは、すぐに奏との夜の関係に気が付いたようだ。とりたてて驚きはしなかったらしく、むしろこうなると最初から予測しておきながら一葉に言えなかったことを申し訳なく感じているようだった。朝の身支度を手伝って、美しい着物や男だということが目立たない形に仕立てられたドレスを一葉に着せながら、ふとした拍子に涙ぐむのは、一葉を哀れに思ってのことだろう。一葉自身は今の状態を少しずつだが受け入れ始めていて、フユほど感傷的な気持ちになることはなくなった。

一葉が悩むのは、奏の気持ちがいまひとつわかりにくく、定かでない点だ。

奏が昼間出かけているうちの半分は、恋人との逢瀬が目的なのでは、と一葉は思っている。それについてとやかく言うつもりはないが、恋人がいるのに一葉とも寝る奏の思考回路は理解しがたい。奏が何を考えているのか本当にわからないのだ。

わからないのなら聞けばいいのだろうが、いざ奏と向き合うと一葉まで無口になって黙り込んでしまう。夜の痴態が脳裏に甦り、気恥ずかしさでいっぱいになるせいもあるし、奏の態度が質問をしてもいいような雰囲気を醸《かも》し出していないせいもある。

先々に対する不安は、この奏の不可解さに起因している。

このままの状態でずっと暮らしていくのは一葉にはきつかった。せめて、もう少し奏のことが知りたい。奏を理解できればと思う。だが、奏にとってこんな一葉の思いは迷惑なだけ、煩《わずら》わしいだけなのかもしれない。

気持ちが鬱々としてきたときは、庭に出て外の空気を吸うことにしている。

屋敷の南に面した奥庭には四季折々の花を咲かせる花壇《かだん》があり、一葉の心を慰めてくれる。今は秋のまっさかりだ。週に一度庭の手入れをしに来る造園業者が丹誠込めて世話している花は、いつ眺めても生き生きと風になびいている。二階の窓から庭師の働く姿を見かけるたび、もし自分が偽りのない姿でいられたなら、きっと下りていって一緒に肥料やりや水撒《みずま》きをするのに、と残念に思う。

一葉は慰めになるものが欲しかった。寂しさを紛らわせてくれそうなものが何かないかと、求めていた。

ある日、秋晴れの日差しが気持ちいい庭で一人きりの時間を過ごしていた一葉は、庭に迷い込んだ子犬を見つけた。一目見て野良だとわかる、薄汚れた子犬だ。短毛種で形《なり》は柴犬《しばけん》に近い。たまたま一葉と一緒にいたフユは、生後三ヶ月とか四ヶ月程度だろうと言う。

「お構いになってはいけませんよ。お屋敷に居着くと大変です。旦那様は生き物があまりお好きではないそうですから。それに、病気を持っていないとも限りません」

そう注意されたが、一葉は子犬のくるくるとした大きな目でじっと見つめられると、どうしても放っておけなくなった。まだ人間を恐れない、人なつっこい子犬だ。お腹を空かせてねだるように鳴く声に、激しく胸を揺さぶられた。親からはぐれたのか、飼い主に捨てられたのかしたかもしれない子犬の姿に、一葉は自分を投影してしまう。きっと自分も心の奥底に隠した素顔では、こんな縋るような目をしているのではないかと思う。

渋るフユに頼んで台所から何か食べ物を持ってきてもらうことにした。マツ子に知られたらいい顔をされないのはわかっていたので、こっそりとだよ、と念を押す。事情のある一葉はマツ子となかなか打ち解けられず、二週間が経ってもほとんど言葉を交わしていない。さぞかし気位が高くて鼻持ちならない奥方だと思われていることだろう。一葉としては不本意だったが、女でないとばれたらそれこそ大変だ。一葉が心から信頼できるのは、フユ一人だった。

「おいで」

朝食の残りのパンを見せて手招きすると、子犬は飛びつかんばかりの勢いで駆けてきた。

「こら、だめだよ」

尻尾《しっぽ》を切れそうなほど振り、屈み込んだ一葉の膝に前足を載せてキャンキャン鳴く。一葉がいったん腕を後ろに回してパンを遠ざけたら、胸にまでしがみつき、一葉の顎をぺろぺろと舐め回しながらねだって鳴き続けた。

「まぁ大変。まぁ、まぁ、お召し物がっ！」

フユがおろおろする姿も滑稽だ。

綺麗なドレスに泥がついたが、一葉はそれより子犬の愛らしさに夢中になった。

可愛い。生き物の温かさと重みに情が湧く。

「あげるから。あげるからちょっと待って。うわ、くすぐったいよ」

声を上げて笑うのは久しぶりだった。

小さく千切ったパンのかけらを子犬に与える。

子犬はがつがつとパンを食べ、全部なくなってもしばらくは、次が出てくるのを期待を込めた目で待つ素振りをしていた。しかし、何もないとわかるや、あっという間に一葉の傍を離れてどこかに走り去っていく。

もう少し一緒に遊んでいたかった一葉はがっかりした。

「きっとまた来ますよ」

フユは複雑な表情で苦笑交じりに一葉を慰める。一葉が中途半端に生き物と関わることを諸手《もろて》をあげて歓迎してはいないが、だめだと言って叱るのも躊躇う、といった気持ちでいるようだ。

フユの言葉通り、子犬は次の日も庭に入り込んできた。一葉の姿を見つけると現金なにこにこ顔でとことこ歩み寄ってくる。

餌《えさ》がもらいたいだけだと承知していても、一葉は子犬がまた来てくれて嬉しかった。明日も明後日も遊びに来てくれればいい。そうすれば、名前もない子犬と戯れる短い間だけでも憂鬱や退屈、そして不安を忘れられる。

実を言えば、一葉はまた新たな悩みを抱え込み、胸を痛ませていた。

父の様子が変だと聞いたのだ。

一葉が奏の下に来たことで、逼迫していた子爵家の財政問題にも光明が見えてきたはずだったのだが、愛する妻と娘を亡くし、跡取りの一葉まで伯爵家に渡してしまった寂しさがすっかり父を消沈させ、自棄《やけ》にさせてしまったのだろうか。父が酒に溺れ、ただでさえ無駄にできないお金を賭け事で次々と摩《す》っているとフユの口から聞いたとき、一葉は耳を疑った。あんなに真面目一辺倒だった父が、まさか、と信じがたかった。フユもたいそう困惑し、岩重《いわしげ》から相談されたことを一葉に告げるべきか告げずにおくべきかさんざんに逡巡した結果、やはり黙っているに忍びなくなって教えてくれたのだった。

たぶん父は急転してしまった事態を素面《しらふ》の状態ではどうにも受け入れられず、酒を飲んでごまかしたり、それまでは手を染めたこともなかったはずの賭け事に没頭して我を忘れたりせざるを得ないところまで、精神的に追いつめられているのだろう。

一葉は父のことが心配で堪らず、奏に事情を説明して一度実家に帰らせてくださいと頼んだ。岩重も、自分では子爵を止められないが、息子の一葉ならきっとなんとかできるのでは、と縋る気持ちでフユに事情を話したようなのだ。一葉としてもこのまま知らん顔してはいられない。

しかし、奏の返事は「必要ない」と、とりつく島もなかった。

「お義父《とう》さんのことが心配なのはわかるが、きみはもう滋野井《しげのい》家の人間だ。人をやって様子を見させ、必要ならば医者を紹介して差し上げることはできるが、結婚してひと月も経たないのにきみを実家に帰らせてやることはできない。きみはわたしの妻として、わたしに尽くす義務があるはずだ。違うか?」

「でも僕は、なにもずっとこの家を空けると言っているのではありません。一日でいいので、父と会って話をしてくることをお許しいただきたいとお願いしているだけです」

「きみが行けば、お義父さんにますます未練を抱かせ、結局は今よりもっと辛い心境にさせるだけなのではないのか?」

そんなふうに切り返されると、一葉は黙って項垂れるしかない。

ドレスを着た姿で父と会い、桃子を思い出させるのは酷かもしれなかったし、女装した一人息子を目《ま》の当たりにすれば平静な気持ちではいられないだろう。かといって息子の一葉として父に会うことは、もうできないのだ。

一葉は忸怩とした気持ちになり、ぎゅっと唇を嚙み締めた。

すべてがままならない。ままならなくて、気持ちがどうしようもなく苛立つ。ひとり悟りきった顔をして情け容赦なく正論めいたことを振りかざす奏の心なさに、歯がゆさも感じた。

そんなに非常識なことを頼んでいるつもりはないのに。

ほんの少しだけ一葉の身になって考え、不安な気持ち、心配でたまらない気持ちを理解してもらうこともできないのだろうか。

何を考えているのかわからない男と体だけで結ばれている虚しさは、一葉を日に日に憂鬱にし、無気力にさせるばかりだ。迷い込んできた子犬だけが乾いた心を慰め、忘れていた笑顔を取り戻させてくれる。それでも奏の耳に入ればきっと反対され、二度と子犬を敷地内に入れるなと厳命されそうで、マツ子の目を盗み、こっそりと相手をするのが精一杯だ。鬱屈とした毎日を解消するまでにはとても至らない。

雨の日などは特に一葉の気持ちを暗くさせた。

ドレスの裾が濡れるので外に出られないこともあるが、なにより奏が一日中家にいて、午後のお茶や居間での団欒《だんらん》に、ほとんど会話も交わさないまま付き合わなくてはいけないからだ。英国式の生活習慣が身についている奏は、家の中にいるときでも必ずジャケットを羽織っており、完璧な紳士然として三時きっかりにお茶の準備をさせる。そして二時間以上もの間、紅茶を何杯もお代わりして、舶来ものビスキュイやサンドウイッチを摘みつつ、にこりともせずに生真面目な顔で、延々新聞を読みふけったり、考え事に没頭していたりするのだ。

一葉はそんな奏といると、息が詰まりそうになる。これならいっそのこと出かけていてくれた方がましだと思うのだ。そのくせ、奏の姿を午後中見かけない日には、寂しくてやるせない気分になる。自分でも情緒不安定なのを自覚していたが、どうやって気持ちに折り合いをつければいいのかわからず、対処のしようがなかった。

石坂欣哉《いしざかきんや》という二十歳の学生を奏が連れてきたのは、秋の気配もいよいよ深まってきた十月末のことだ。

「父上の紹介で書生を一人住まわせることにした」

奏が一葉に説明したのはそれだけで、一葉は戸惑うと同時に心許なくて堪らなくなった。

「彼に僕のことがばれる危険はありませんか?」

できることなら考え直して欲しい。これ以上の心労はもう勘弁して欲しい。一葉の縋るような気持ちは、やはり今度も奏には通じず、一葉を絶望させただけだった。

「欣哉にはきみの部屋から最も離れた北西の角部屋を用意する。きみと顔を合わせる必要があるわけでもないし、話をする機会もそうそうないだろう。廊下や居間で会っても、いつものように淑《しと》やかに笑ってみせるだけでいい。田舎者の彼は、深窓の令夫人であるきみの雰囲気に気圧《けお》されて、きっとろくに話しかけることもできないはずだ」

屋敷に奏以外は婦人ばかりしかいないのは防犯上もよろしくない。伯爵は純粋にそれを気にかけ、よかれと思って勧めてくれたようだ。あまり無下に断るとなぜそんなに固辞するのかとよけいな疑問を持たれる可能性もあったのだろう。奏も決して喜んで欣哉を屋敷に入れたわけでないことは察せられたが、それにしても一葉には、父のことに続いてまたもや自分の意思をないがしろにされた気がして辛かった。

奏には一葉が意思を持たない人形と同じに映っているのだ。

一人の人間として見てはもらえない。

それが一葉を一番苦しませた。

立っている位置の上下はあるにしても、本来ならば奏と一葉は、人として対等であるべき間柄のはずだった。

しかし、今の状況を考える限り、とても奏が一葉を個人として尊重しているようには思えない。

単なる欲望の捌《は》け口《ぐち》。真の愛情を捧げる人のための隠《かく》れ蓑《みの》。

そんな、考えるだけでもおぞましい役割を果たさせるために金で買った存在としかみなされていないのだ。

このまま素直に奏に抱かれているだけでいいのだろうか、という疑問が一葉の中で少しずつ大きくなっていく。当初一葉は、決して奏に逆らわない、気に入られるように努めなくてはいけないと考えて、自分でもそう納得しているつもりだった。だが、日を重ねるごとに、個人としての自我が頭を擡《もた》げてきて、一葉をただの人形ではい続けられなくなくし始めていた。

欣哉と初めて引き合わされ、とりあえず会釈だけ交わして隠れるように部屋に戻り、緊張していた全身から力を抜いたとき、一葉の中の反抗心はいっきに膨らんだ。

一葉の気持ちなど爪の先ほども考えてくれない、薄情な男――奏のことをそんなふうに感じ、嫌悪が湧いてくる。決して奏のことが嫌いなのではなく、むしろ、容姿や立ち居振る舞いの優雅さには同じ華族の一員として憧憬を掻き立てられるほど魅力的だと思うのだが、それらとの差異がよけいに一葉に悔しさを感じさせ、愛情の裏返しに近い嫌悪を覚えさせたのだ。

いかにも朴訥《ぼくとつ》とした田舎育ちの青年である欣哉から、まるで珍獣を前にしたかのように惚《ほう》けた目つきでまじまじと見つめられ、嫌な気分を味わわされたせいもあっただろう。一葉はいつも以上に気持ちがささくれ立ち、なかなか冷静になれなかった。

一葉を女と信じている欣哉の、妙に純粋そうな表情、眩しいものを見るように瞬かせた細い目に、一葉はいたたまれない気分になる。自分は女ではないのだから、そんな熱の籠もった視線でじっと見ないでくれ、と叫びだしたくなる。「奥様」と呼ばれたとき全身に鳥肌が立ったのは、どこかねっとりとした欣哉の声に不吉な、ぞわっとした感触を受けたからだ。

確固たる理由もなく、一葉は欣哉が同じ屋根の下に住むのかと思うと落ち着けなかった。感覚だけで物事をあれこれ言うのは品がないと承知しているが、欣哉にどうしても好感を持てない。しかし、奏は一葉の気持ちになどまるで頓着せず、欣哉に部屋を与えたのだ。

「今夜はいやです」

欣哉が来た夜、一葉は初めて奏を拒絶した。

父のこと、欣哉のこと、そしていつもいつも人格を無視したような扱われ方をされることに対して強い憤りを感じていた。おとなしく我慢し続けるのに堪えられなくなり、せめて一矢《いっし》報いてやりたくなったのだ。

一葉の寝間着に指をかけたところだった奏は、虚を衝《つ》かれたように訝しげな表情になった。

しかし、一葉が意志を翻《ひるがえ》さない頑《かたく》なな視線でじっと見つめていると、やがて一葉の体から手を離し、小さな溜息をついた。

「そうか」

寝台が大きく揺れ、隣に寝ていた奏が起きあがる。

一葉は奏があまりにもあっさりと退いたのに拍子抜けした。

寝台を降りて天蓋の外に出た奏は、椅子の背にかけていた外衣を羽織ると、

「そんな夜もあるだろう」

と呟き、そのまま主寝室から出て行った。

今度は一葉が呆然とする番だった。よもや部屋を出て行くとは予想していなかった。

一葉の耳に隣室の扉が開け閉《た》てされる音が聞こえたのはそれからすぐだ。奏は今夜、書斎と続きの部屋で休むつもりらしい。

やはりこの程度の関係なのだ……。

一葉はひしひしと思い知らされた気がした。

奏は一葉にまったく執着していない。毎晩抱いていたにもかかわらず、しないならしないで構わないことだったのだ。それなら、あれほど熱く欲情して一葉を求めた奏はなんだったのかと疑問に思わずにはいられない。まるで別人のようだ。もしくは、そろそろ男を抱くという行為に飽きていたということなのかもしれない。

一人で寝るには広すぎる寝台で、一葉は悶々と過ごした。

願ったとおりになったのだから素直に喜べばいいはずなのに、いざ現実に奏が傍から消えてし

まうと、なぜか寂しさ、空虚さが一葉を襲った。

いったい自分は奏に何を望んでいるのか、どんな関係でいたいと思っているのか、あやふやになっていく。

正直に認めれば、一葉は奏に少なからず惹かれている自分に気づいている。心の奥深い部分で、滋野井奏という不可解な男を理解したいと希求する気持ちが働いているのだ。奏のすべてに興味がある。彼の考え方、人間性、趣味嗜好、なんでもいいから知りたい。大好きだった妹が、ほとんど付き合いらしい付き合いもしないうちから愛した男だ。一葉にはまだ及びもつかない魅力があるのだろう。奏はあまりにも摑みどころがなくて、謎めいている。彼がどういう男で、一葉のことをどう捉えているのか、教えて欲しかった。そして、あの顔が人間らしい喜怒哀楽を浮かべ、無表情を崩すところが見たい。

ああそうか、と一葉はじわじわ悟ってきた。

奏に抱かれることはもうとうに受け入れているし、あの行為で快感に身を任せることも覚えている。いまさらあれが単なる苦行だなどと嘘をついても仕方がない。

一葉はただ奏の関心を惹きたかっただけなのだ。

奏にもっと構って欲しかった。何をそんな我が儘を言うのか、と逆に叱ってもらいたかったのである。

ところが、奏は怒りもせずに一葉から身を離しただけだった。

徹底した無関心ぶりだ。

一葉の落ち込みは奏に無視されたところからきている。

もう、一葉と寝るのに飽きたのだろうか。

最初は同性を抱く行為が珍しく、ちょっと気に入っていたからあんなに熱心だったのかもしれない。つまり、一葉自身に愛情を感じたから毎晩していたわけではなく、単に行為そのものが楽しかったというわけだ。

もし奏が明日からずっと隣で寝るつもりなら、一葉はますます自分を見失いそうだ。おかしなものだが、本気でそう思った。初夜はあれほど驚き、屈辱と羞恥に困惑していたのに、ひと月近く同じ寝床で休むうち、これが自然だとまで感じられるようになってきたのだから、自分の順応性の高さに感心するばかりだ。

眠れないまま朝を迎えた。

朝食の席で顔を合わせた奏は、普段とまったく変わらない様子だった。一葉を見ても「おはよう」と一言挨拶したきりで、あとは知らん顔だ。一葉よりも同席した欣哉とばかり言葉を交わしていた。もっとも、それも当たり障りのない天気の話や、学業の話に終始していて、たいして中身のある内容ではない。

一葉は憂鬱を抱え込んだまま、二人を残して朝食の席を立った。

「あ、お、奥様。もうお食事はお済みなんですか?」

欣哉がおどおどとした口調で一葉に声をかける。

一葉はちらりと奏に視線を伸ばした。奏は我関せずといった面持ちで珈琲カップを口に運んでいる。一葉の方は見ようともしない。

「……お先に失礼します」

小さく答えて欣哉に軽く会釈すると、一葉はドレスの裾を捌《さば》いて歩きだす。

「あのっ、お部屋までお送りしましょうか?」

「結構です。お構いなく」

今度の返事はいささか無愛想になってしまった。

奏の冷たい態度と、欣哉のお節介の両方に苛々してしまったせいだ。

一葉は足早に朝食室を横切ると、居間のテラスから庭に下り、花壇に咲く秋桜《コスモス》の前に跪《ひざまず》いた。

こんなとき、苛ついた気持ちを鎮めてくれるのは、物言わぬ花や可愛い小動物だけだ。あいにくといつも顔を見せる子犬はまだ入り込んできておらず、一葉は赤や桃色の花を慰めにするしかなかった。

秋桜は子爵邸の庭にも咲いていた。

父はどうしているだろう。どうか賭け事も酒も忘れ、元の勤勉で読書家の父に戻って欲しい。もし父にまで万一があれば、一葉も生きる望みや目的を見失いそうだ。

会いたいと急《せ》く気持ちが胸を痛ませる。

もう一度奏に頼んでみようか。そうすれば話の糸口が摑め、昨夜のことを奏がどう思っているのかについてもそれとなく聞けるかもしれない。

勇気を出して奏に当たる決意をし、一葉は三十分ほどして屋内に戻った。

朝食室にはすでに奏の姿も欣哉の姿もなく、マツ子が後片づけをしている最中だった。

「旦那様は？」

一葉が努めて女らしい柔らかな声音で尋ねると、マツ子は気の毒そうな目で一葉を見た。

「つい先ほど欣哉さんとお出かけになりました」

いっきに気持ちが萎える。

そのまま二階に上がり、鏡台の前に崩れるようにして腰を下ろした。

鏡に映る顔は精彩が欠けている。これでは傍目にもとても幸せな新妻とは思えない。マツ子が同情に満ちた視線を投げるのも道理だ。

一葉は青白い細面を見ているうちに救いがたい孤独に襲われて、父を元気づけに行くどころではなくなってしまった。

昼食も摂《と》らずに鬱《ふさ》ぎ込んだまま居室で過ごした一葉だったが、午後のお茶だけでも、とフユに口説かれ、三時少し前にようやく部屋から出た。

どうせ奏はまだ外出先から戻っていないだろうと思ってのことだ。一度話をする決心をしたのに出端《でばな》をくじかれる形になって、一葉の気持ちはまた元の頑なところにまで後退した。まるで振り子のように両極端になるところが自分でも滑稽《こっけい》だと思う。だが、なかなか中間地点で折り合いがつかないのが現状だった。

案の定、奏は帰宅していなかったが、欣哉は先に帰ってきていた。

階段を下りていく途中、下から上ってきた欣哉と出くわした一葉は、思わずぎくりと身を竦ませ、身構えてしまった。

「奥様」

欣哉が丸縁の眼鏡の奥で目をぱちくりさせた。肉厚の唇が惚けたように薄《うっす》ら開きっぱなしになっている。まるで一葉に見惚れて言葉を失っているかのようだ。一葉は欣哉のこの大仰な反応がひどく居心地悪くて苦手だった。そんな目で見ないでくれと頼みたくなる。一葉の中の男が、女として品定めされることに堪えられないと訴えている。確かに奏には女のように体まで開いているが、それとは根本的な意識の差があった。奏は一葉を男だと知っている。知った上で、男の一葉を女のように抱くのだ。それはそれで屈辱には違いなかったが、一葉にとってより不快なのは、欣哉の視線と態度の方だった。奏には恩義と諦観《ていかん》を持って接しているが、欣哉にはそういう類のものを何も感じていない。だから純粋に欣哉の視線を煩わしいと思い、避けたくなるのだ。

「あの、旦那様は今夜少し遅くなられるそうです」

短く刈り込んだ坊主頭を掻きながら欣哉が伝える。

一葉は視線を合わせないまま頷いた。おそらく欣哉の目には、ひどく寂しげにしているように映ったのだろう。

「僕でよろしかったら、い、いつでもお話し相手になりますので、どうぞ……その、ご、ご遠慮なくお申し付けくだされればお伺いします」

ところどころ言葉を突っかからせながらそんなふうに申し出る。本当ならありがたく感じるべきところだろうが、一葉は嬉しいと思えず、またしても「ええ」と通り一遍の返事をしただけだった。

「えっと、これからお茶のお時間ですか?」

さらに欣哉は一葉を引き留め、話を続けようとする。

「庭に出るのです」

一葉は悪いと思いながらも少し突慳貪《つっけんどん》に答えてしまい、欣哉からこれ以上話しかけられないうちに階段を下りて彼の脇をすれ違った。

「お、奥様」

未練がましい声が背中を追ってくる。一葉は振り返らずにやり過ごした。

いったい、書生というのは皆こんなふうなのだろうか。

子爵邸にも以前は書生が住み込んでいたが、あまりにも一葉が幼い頃のことで、いまひとつ記憶が定かではない。

欣哉に悪気はないのだろうが、大きな秘密を抱えた一葉には、彼のようにしつこく絡んでくる書生の存在は迷惑で脅威になるばかりだ。

せめて奏がずっと傍にいてくれるのなら少しは一葉の負担や不安も減るのだろうが、奏はいつも出かけている。

守ってくれると約束したはずなのに。一葉は恨めしかった。

「桃子様」

台所の横を足早に通り抜けたとき、中にいたフユが声をかけてきたが、それさえも無視して庭に出てしまう。お茶を飲んでくつろぐ気分ではなくなったのだ。

庭では子犬が待っていた。

会うたび餌を与えていた子犬はすっかり一葉に気を許している。抱き上げても嬉しげに低く鳴くだけで、おとなしかった。

「おまえが羨ましいよ」

薄汚れた毛を撫でながら一葉は半ば本気で言った。

きっと心が疲れてしまっていて、余裕をなくしていたのだ。

「……一葉様」

振り向くとフユが背後に立っている。遠慮がちに密かな声で一葉を呼ぶフユに、一葉は「ごめん」と低く呟いた。

屈んで腕を緩め、子犬を放す。

子犬は人なつっこい顔で一葉を見上げ、わんわん、と餌をねだって鳴いた。

「お庭先にテーブルをお出ししますから、お茶にいたしましょう、桃子様」

一葉も素直に頷いた。

「わんこちゃんにも何か見繕ってきましょうね」

「ありがとう、フユ」

「いいえ、どういたしまして。桃子様はもっとフユに甘えてくださってもよろしいんですよ」

「……うん」

フユの温かさがじわっと胸を熱くする。

まだ一人ではないのだ。それを噛み締める。

「あれからお父様のことは何か聞いた？」

「はい。旦那様が一度お屋敷をお訪ねになり、お二人で長く話し込まれていたそうです」

「奏さんが？」

意外さに一葉は目を瞠る。

はい、とフユはしっかり肯定した。

「あんなふうに無口でいらっしゃいますが、旦那様はずいぶん子爵様や桃子様のことを気にかけておいでのようですよ。岩重さんも同じことをおっしゃっていました」

そうなのだろうか。一葉にはちょっと実感できない。

「いい旦那様だとフユは思います。……お辛いことも多いかとは存じますが、決して桃子様をないがしろにされているわけではありません。信じて差し上げてくださいませ」

生まれたときから身近にいるフユの言葉は重く響く。

一葉はまたひとつ奏の新しい顔を知り、やはり外に表れている感情の動かない男という印象は、内面と反するものなのだと確信した。

奏を信じたい気持ちは以前から一葉の中に巣くっている。要はきっかけなのだろう。

その夜、奏は昨夜のことなど何もなかったかのようにして、一葉が横になっている隣に潜り込んできた。

主寝室に奏が来るか来ないか賭けをする気持ちでいた一葉は、ほっとすると同時に、これまでにないほど奏を欲しくなり、羞恥に狼狽えた。

こんなはずではなかったのに、と頭では否定しながらも体は疼《うず》く。

男の証《あかし》に痛いほど血が集まってきて、触れられもしないうちからはしたないことになっていた。

ぴったりと体を寄せてきた奏にも一葉の体の変化はわかったはずだ。しかし、奏は素知らぬ振りをしてくれ、一葉を辱めはしなかった。

こういう点では確かに思いやり深くて優しい人だ。

昼間のフユの言葉と思い合わせ、奏にじわじわと愛しさを感じてきた。

一葉の上に身を乗り上げさせてきた奏の重みと熱が安堵をくれる。たった一晩離れていただけなのに、三日も四日も放置されていた気がする。そのくらい奏に抱きしめられて寝ることに慣らされているのだ。

恥ずかしかったので自分からは何もせず、じっと体を横たえているだけだったが、全身をくまなくまさぐられ、くちづけを散らされていくうちに、何度奏の背中に腕を回して縋りつきそうになったかわからない。

「いや……あああっ、いや。離して」

口からは拒絶する言葉ばかり放ちながら、足の付け根にある男の徴《しるし》は萎える気配もなくいきり立ち、先端から蜜を零し続けている。奏の下腹や、触れて確かめてくる指を濡らしてしまう。

恥ずかしさが、さらに一葉に心にもない文句を吐かせた。

「嫌い。しないで、もういや」

実際はまるで逆だ。

やめないで、もっと、とねだる代わりに、反対のことを言ってしまう。

せつない喘ぎ声や隠しきれない嬌声、熱い息を吐いてわななく唇、しっとりと汗ばんだ体などから、奏には一葉の真意など明らかだっただろう。ただ、もし誰かがこの様子を見ていたなら、奏が嫌がる一葉を無理に抱いていると思ったかもしれない。

一葉は最後まで素直にならず、奏に奥深くまで穿たれ、激しく腰を揺すり立てられても気持ちいいと白状しないで「やめて」と艶めいた悲鳴を上げ続けた。

気が遠のきかけるほどの快感が一葉の全身を攫《さら》っていく。

奏の吐く息も荒く色っぽくなっている。

「あああ、あ！」

とうとう一葉はシーツに這わせていた腕を上げ、奏の背中を力いっぱい抱きしめた。

「いやっ、いや……い、いく…、いく」

譫言《うわごと》のように熱っぽい声を出し、全身を激しく痙攣《けいれん》させた。

そうなったところを奏に追い上げられて責められる。

「いく、あ……ううっ、う」

一葉、と奏が耳元で名を呼んだ。

それを合図にしたように一葉は禁を解いて放っていた。ほとんど同時に中に入り込んだ奏のものも弾ける。

二人は揃って肩を激しく上下させ、乱れた息を吐き合った。

興奮が醒《さ》めやらぬまま、何度もくちづけを交わす。唇を交接させ、粘膜をくっつけては離し、舌を絡ませて吸い合う。

「……そんなにわたしがいやか？」

耳の裏にくちづけされた後、奏が冷やかすように言った。

一葉はたちまち首筋まで熱く火照らせた。わかっているくせに聞いているのだ。こういうときの奏はやはり意地が悪いと思う。

悔しくて、一葉は無言のまま顔を背けた。

奏の綺麗な指が顎を捉えて、まっすぐに向き直らせる。

黄色いナイトランプの明かりに照らされた中で、一葉は奏とごく間近に見つめ合った。奏の白い顔は綺麗だ。決して女っぽいわけではないが、気品に溢れていて、清冽《せいれつ》な泉のような印象がある。一度目を合わせると、逸らすのがもったいないと思うほど魅力的で、ずっと眺めていたかった。

奏も一葉の顔を、時を惜しむようにじっと見つめている。

その目には深い感嘆と満足が浮かんでいて、いったいどんな気持ちで一葉を見ているのか、言葉に出して言って欲しくなる。

桃子と瓜二つに整った顔立ち、と言われてきた一葉だが、奏がどう感じているのかは想像もつかない。ただ、一葉が心配するほどには不満を持っていないようだ。

一葉の中に入り込んだままの奏が、また少しずつ嵩《かさ》を取り戻していっている。

気づいた一葉はじわっと赤面し、睫毛を伏せた。

もう一度欲しい。

いくらなんでもそんなふうに思ったことを奏に知られたくなかった。しかし、未熟で素直な体が一葉の意思を裏切り反応する。まるで欲しいと訴え喘ぐように後孔を引き絞ってしまい、中の奏を刺激する。

「もう一度できそうだ」

珍しく奏が言葉にし、すっかり硬度を高めたもので勢いよく奥を突いてきた。

「ああ、あっ、いや！」

嘘つきの唇がまだ強情に反対を叫ぶ。

そのとき主寝室の扉がパタリと閉まる音がした気がしたが、一葉の勘違いだっただろうか。まさか誰かがこの部屋の様子をじっと窺うようなまねをしていたとは思えないから、きっと何か別の物音を聞き間違えたに違いない。

奏は何も気づかなかったようだ。

一葉の腰を抱き、両足を大きく掲げて開かせ、淫らな姿にしてしまう。

さっきまで下半身を覆っていた毛布はずり落ち、奏に抱かれている一葉が紛れもない男だということが露わになった。

「やめて……お願い」

「本当にやめて欲しいのか？」

色気に満ちた声が耳朶《じだ》を打ち、一葉はぞくぞくと体の芯を震わせた。

「ああ、あ……あ」

やめないで、という意味を込めて奏の胸に縋りつく。

見かけよりもずっと頑丈で逞《たくま》しい腰が動きだし、一葉はまたしても快楽の海に投げ込まれ、法悦の極みを漂った。

相変わらずの日々が続いていた。

初めの頃よりはずいぶん奏《そう》を理解できてきたと感じるが、まだまだ何を考えているのかわからないところの方が多い。一葉《かずは》の孤独感、寂しさは、それほど軽減されることもなく、かえって焦れったさが増したくらいだ。あと一歩踏み込ませてもらえれば、きっともう少し解《わか》り合えそうなのに、その一歩が進まない。中途半端さが一葉を落ち着かなくさせた。

そしてまた、欣哉《きんや》の存在も一葉には重荷だった。

欣哉には、勝手な想像を一人で巡らせる癖があるようだ。どうやら一葉のことを不幸な境遇にある若妻だと信じ込み、主人である奏に虐《しいた》げられた毎日から自分が救って気晴らしをさせてあげなくては、などという使命感に燃えているらしい。どこからか子爵家の事情や奏が別に愛人を囲っている噂を探りだし、鵜《う》呑《の》みにしているきらいがある。

一葉はほとほと困惑していた。愛人については本当のところを知らないから否定できないが、よけいなお世話だ。いい気はしないが仕方がないと最初から弁《わきま》えている。もともとこの偽装結婚は奏にとって愛人関係の隠れ蓑に違いないのだ。いまさら他人に同情されると、いったんは割り切ったはずの心が逆に痛む。

伯爵が書生にしてはどうかと奏に持ちかけてきたくらいだから、欣哉の学業成績はこの上なく優秀で、順調にいけば将来は法律家になるのも夢ではないところにいるらしい。書生として家に置いておく分には特に問題はないのだが、どうしても性格的な面で一葉には馴染めない。よく言えば粘り強くて控えめな性格だが、悪《あ》しく言うと粘着質で陰気なのだ。おどおどしているかと思えば妙なところでは押しが強く、一葉にずっとまとわりついてくる。昼間はやはり外出してしまう奏の隙をつくかのように、なにくれとなく構ってきて鬱陶しかった。

何度か奏に相談しようかとも考えたのだが、具体的に欣哉が失礼なことをするわけではなく、あくまでも一葉の感覚的な問題で、訴えようがない。性別をごまかしている後ろめたさから欣哉を避けたがり、勝手に悪く思ってしまうのだろうと言われれば、否定できる自信がなかったのだ。むしろ一葉自身が意地悪な性格をしているようにも思えてきて、結局怯《ひる》んでしまう。

欣哉と顔を合わせたくないものだから、一葉は唯一の気晴らしだった庭の散歩にもあまり出なくなった。子犬には会いたかったが、欣哉と鉢合わせになるのが面倒だ。話すことなどないのにずっと離れてくれず、いつか男だとばれるのではないかと気が気ではない。子犬のことはフユに任せ、部屋で書物を読んだり、覚えたての編み物をしたりして過ごすくらいで我慢する毎日を送っていた。

窓から見下ろす庭の花壇から秋桜《コスモス》が消え、いよいよ冬が近づいてくる気配が感じられるようになったある日のことだ。

「昨日、久しぶりに子爵様とお会いして参りました」

フユが勇んで報告してきた。一日暇《いとま》をもらって休んだ翌日である。

フユの生き生きとした表情や言葉の響きからだけでも、子爵が精神的に落ち着きを取り戻しつつあることが察せられる。一葉は心からよかったと思い、わざわざ様子を見に出かけてくれたフユに感謝した。

「子爵様はひと頃よりずっと溌剌《はつらつ》としていらっしゃいましたよ。以前岩重《いわしげ》さんから伺ったようなむちゃはもうなさっておられないようでした。きっと旦那様とお話しされたのが効いたのでしょうね。岩重さんも旦那様にとても感謝しているとおっしゃってましたから」

「いったいどんなお話をなさったのかな。よかったよ」

「さぁ、ご年齢に差はありましても、殿方同士ですから解り合える部分も多かったのではないでしょうかねぇ。岩重さんの話では、旦那様は子爵様に、義理とはいえご自分も子爵様の息子だとおっしゃられて、旦那様を涙ぐませておいでだったようですよ」

「そう。……そんなことを、奏さんが」

「きっと桃子《とうこ》様をご自分の下に置かれていることで旦那様に寂しい思いをおかけするのを、申し訳なく感じておいでなのでしょう」

「わたしが父上に会うことはお許しくださらないけれどね」

一葉は多少の皮肉を込めて、辺りを憚《はばか》った小声で呟く。このことに関してはまだ蟠《わだかま》りが拭い去れていなかった。奏が父を見舞ってくれたことには感謝しているが、それとはまた別問題なのだ。そこまで父を気にかけてくれた奏が、一葉には父と会うことをなぜ許可してくれないのか、どうしても納得がいかない。

「それはたぶん、桃子様を……愛しておいでのあまりだとフユは思いますよ」

「愛して…？」

あの奏が一葉を愛している？　そんなことはとても考えられず、一葉はつと眉を顰《ひそ》めた。

「旦那様は桃子様を子爵様と会わせて、もし桃子様が二度とこちらに戻っておいでにならなかったらと危惧しておいでなのでは」

「そんなことを奏さんが心配するはずないと思うけれど」

なにしろ、一葉は結婚という枷《かせ》で縛られた身なのだ。

フユは意味ありげな眼差しで優しく一葉を見やる。

「桃子様はまだ恋や愛の感情に疎《うと》くていらっしゃるから。旦那様のお気持ちは、たぶん桃子様がお考えになっているものよりずっと深くて真剣でいらっしゃるのです。そのうちきっと桃子様にもわかるときが参ります」

それより、とフユは一葉に手に持っていた大きな風呂敷包みを抱え上げてみせた。

「それは…?」

一葉が首を傾げると、フユは秘密の遊びを教える少女のような笑顔を皺の寄った顔中に浮かべる。

「実は、こっそりと子爵様のところから引き取って参りました」

風呂敷《ふろしき》を広げてみれば、中に包まれていたのは一葉が桃子に成り代わる以前着ていた男物の衣類一式だ。洋装と和装が一揃いずつある。

一葉は懐かしく嬉しさが込み上げるのと同時に、悲しみにも駆られた。

「これを着る機会なんて、わたしにはもう……」

「桃子様」

フユが一葉に軽く膝を折らせ、耳を寄せさせる。

「――フユと桃子様だけの秘密ですよ。明日はマツ子さんが午後からお休みの日です。旦那様もいつものようにお出かけあそばすでしょう。欣哉さんはこのフユが引きつけておきますから、桃子様はこれを着て、久しぶりに街にお出かけされてみてはどうですか。きっと気晴らしになると思いますよ。もうずいぶんどこにもお出《い》でになっておられませんでしょう?」

「そうだけど」

もし奏が知ったら、絶対にいい顔をしない。

一葉は躊躇った。

「ただ、子爵様に会いに行かれるのはおよしくださいませ。フユもそれはかえって桃子様のお心を掻き乱すだけだと思います。もう少し時期を待てば、そのうち必ず旦那様が桃子様を子爵様のところに連れて行ってくださいます。フユにはわかりますとも。ですから、ただ街の空気を楽しんでいらっしゃるだけというお約束をしてくださいまし」

それもいいかもしれない。

一葉の気持ちは徐々に傾いていった。

なにも奏から逃げようというわけではない。単に、本来の姿に戻って気分を新しくしてくるだけだ。その方が鬱屈とした状態で部屋に閉じ籠もっているより数段いいに違いない。気持ちに明るさを取り戻せるかもしれないと期待した。そろそろそうやってでも発散しなければ、奏に対しても棘《とげ》だった気持ちを抱いてしまい、ぎくしゃくとしそうだった。

「じゃあ、明日。奏さんが本当に出かけたら、これに着替えて外に出てみよう」

「ええ、ええ。ぜひそうなさってご覧なさいませ」

ただし、くれぐれも旧友などに会って、一葉が生きているとばれないようにご注意なさって。フユは慎重にそれを言い足した。もちろん一葉も重々承知している。

考えつきもしなかった冒険を控えた一葉の心は、期待と不安に大きく弾み始めた。

フユも意外に肝《きも》が据わっている。一葉一人ではとてもこんなことは思いつかなかった。

翌日、予定通りマツ子は午後から屋敷を離れた。奏も昼食の後、洒落た洋装に身を包み、自動車で出かけていった。きっとまた恋人にでも会いに行ったに違いない。欣哉はフユが引き留めておく必要もなく午前中から大学に出かけ、帰りは夜になるらしい。

一葉は桜色のドレスを脱いで、男性ものの洋装に着替えた。

久々の衣装は、逆に一葉を男装の麗人のように見せ、変な気分だ。どうやらすっかりドレスや振《ふ》り袖《そで》を着た自分に馴染んでいたらしい。

「じゃあ、行ってくる。夕方までには戻るから、よろしく、フユ」

「お気をつけていってらっしゃいまし」

フユに見送られ、一葉は屋敷の門扉《もんぴ》をくぐり表に出た。

通りを曲がってずいぶん歩いてから、たまたま来合わせた辻馬車を拾う。

とりあえず日本橋《にほんばし》に向かうように言いつけ、目を閉じて馬車の揺れに身を任せた。

街に出たからといって何か特に目的があったわけではなく、一葉は三越《みつこし》百貨店の近くで適当に辻馬車を降りた。

大通りは人で賑《にぎ》わっている。ずっと家の中にばかりいて、家人以外とは顔を合わせることすらなかった一葉には、通りを行き交う人々の間に立つだけで新鮮だ。

色とりどりの着物に身を包んだご婦人方を見るたび、いつもは自分もあんなふうにしているのだと思って不思議な気持ちになる。案外男と女の差など些細なものなのかもしれない。もともと一葉は、幼少の頃には高柳《たかやなぎ》家の慣習で女装して育てられた。その方が元気に育つと信じられているからだ。記憶自体は鮮明ではないが、当時の写真が数葉《すうまい》残っている。桃子と芝生で戯れていたり、身の丈ほどもある大きな地球儀に凭れてポウズをとった写真を見ると、女の双子のようにしか思えない。

十七になってまた振り袖やドレスを何枚も誂えてもらうことになるとは想像もしなかったが、同い年の妹がいて常に一緒に成長してきた分、他の男子よりは感覚が柔軟で、現状を受け入れやすかったというのはあるかもしれなかった。

石造りの堂々とした建物の前に来た。

百貨店の正面玄関には待ち合わせの人だかりができている。

中に入ったところで見たいものがあるわけではない、といったんは素通りしかけたのだが、ふと、フユに土産でも買って帰ろうかと思いついた。これまでにも数えるほどしか店の中を歩き回ったことがないので何が揃っているのかもよく知らないが、羊羹《ようかん》か最中《もなか》のようなものくらい置いてあるだろう。フユは甘いものが大好きだ。

一葉は行き過ぎかけた足を止め、体の向きを変えた。

そのとき、獅子像《ししぞう》の周辺で人待ち顔で立つ女性に目を惹かれ、しばし見入ってしまった。オレンジ色のドレスに毛皮のついた上着を羽織った、とても綺麗でモダンな印象の女性だ。すっきりとした首に巻き付けている真珠の首飾りがよく似合う。彼女のことを気にし、ちらちらと視線を送っているのは一葉ばかりではなかった。老若男女を問わず通りかかった人のほとんどが振り向いていく。完璧な貴婦人——簡潔に表すならその言葉がふさわしい。どこの令夫人だろう、と一葉は目を細めた。それと同時に、こういう女性を一人でこんな場所に待たせておくのはいったいどんな人なのかと、よけいな興味まで頭を擡《もた》げてくる。

美女にばかり気を取られていた一葉は、彼女の表情の変化から、待ち人の到着を知った。

少し離れた場所を見やってにっこり微笑み、手袋をした手を軽く掲げ振る様子に、一葉は思わず首を回して相手を探してしまう。

何の気なしに伸ばした視線の先に、意外な顔を見つけたのはそのときだ。

あろうことか、その貴婦人の待ち合わせ相手は、奏だった。

あまりの偶然に一葉は全身の血が音を立てて引くのを感じた。もし誰かが見ていたなら、一葉の顔が蒼白になり、全身が小刻みに震え始めたことに驚いただろう。

奏が密かに恋している女性というのが彼女だったとは。

衝撃の強さに一葉は息が止まりかけた。

敵わない。まさにそれが正直な心境である。一目見ただけで瞼《まぶた》に姿が焼き付いてしまうほど印象的な女性が奏の愛人だったのだ。一葉自身目を奪われずにはいられなかったのだから、奏が惹かれるのも当然だろう。

しかも、彼女が既婚者であることは疑いようもない。

あの貫禄と落ち着きぶり、指に塡《は》めた指輪、そして全体から醸し出される雰囲気のことごとくが、それを物語っている。おそらくは奏よりも年上だろう。

これでは同性との偽装結婚などという突拍子もないことを思いつくはずだ。

一葉にはすべてが理解できた気がした。

こめかみがずきずきと痛み、耳鳴りがし始める。

決定的な最後通牒《さいごつうちょう》を下されたようなものだった。今はまだ夜になれば一葉のところへ戻ってきているが、早晩それもなくなり、一葉は名ばかりの妻になるに違いない。ようやく奏という男を生涯の連れとして受け入れかけていた一葉には、辛すぎる事実だ。

もしかすると少しは奏も一葉に愛情を感じてくれているのかもしれない、そんな淡い期待を抱いた先にこんな奈落が待ち受けていたとは。

これなら初めから指も触れずにいて欲しかった。マツ子を始めとする世間の目にどう映ろうとも、どのみち子供が生まれるわけではないのだから、素知らぬ顔をして、愛情などかけらもない冷えた仲の政略婚夫婦だと思わせておけばよかったのだ。そうしてくれれば一葉もよけいなことで頭を悩ませずにすんだ。こんな、街中でみっともなく震える羽目にならずにすんだのである。

奏はまっすぐに貴婦人の元に近づいていく。

一葉が見たこともない、親しみを込めた柔らかな表情をしている。

周囲にいる人々の多くが、興味深げな眼差しを二人に注いでいる。ああこの紳士か。なるほど、確かに彼女にふさわしい。そんな声があちこちで囁かれている気がした。一葉もまさにそう感じたのだ。美しさと気品に溢れた男と女の組み合わせは、端で見ていても本当に似合っている。奏の美貌と凛《りん》とした紳士ぶりは、彼女を横に置くと類いなく引き立った。

つきり、と心臓が痛む。

息が苦しくなって、一葉はリボンタイを締めた喉元を手で押さえた。

このままではいられない。

一葉は上機嫌で貴婦人と何ごとか話している奏から目を逸らし、俯いて一歩後じさった。

一葉には向けられたことのない優しい顔で美女と見つめ合う奏の姿。

見たくない。

見たくなかった。

胸が詰まるようなこの気持ちはなんだろう。

一葉はまた一歩後じさるや、背後にいた老紳士に肩をぶつけてしまった。

「おいおい、きみ！」

癇癪《かんしゃく》持ちの声が一葉に向けて大仰に発せられる。

「す、すみません」

思わず一葉も大きな声で詫びていた。

自分の声の大きさに、慌てて奏の方を確かめる。

声が向こうにまで届いてしまったかもしれないと恐れたからだ。

一葉が奏に目をやったのと、奏が細い眉を顰め、こちらを振り返ったのとがほとんど同じだった。

たちまち奏の瞳が驚きに見開かれる。

唇も大きく開かれて、一葉の「か」を発音しかけたようだったが、傍らの美女に「奏さん？」と訝しがられたらしく、はっとして口を閉ざしていた。

一葉は踵《きびす》を返してその場から逃げだした。逃げだす、という表現がぴったりだった。奏に気づかれてしまった。

ただでさえ貴婦人との逢瀬を見てしまって混乱していたのに、一葉の頭の中はさらにぐしゃぐしゃに乱れ、どうしようもなくなっている。

最悪の事態だ。

奏も、一葉が恋人と逢い引きする自分を見たとわかったはずだ。しまった、と舌打ちしているのではなかろうか。そして、男の姿に戻って外出していた一葉に、裏切られた気持ちになったに違いない。

もうこれできっと、これまでのような関係はお終《しま》いになる。

一葉は本気でそう思った。おそらく奏は開き直り、今以上に堂々と恋人に会いに行くだろう。もう隠しておく必要もなくなったのだ。後は世間体にさえ気遣えば、一葉との関係は破綻しても関係ない。ただ、彼女との間にもし子供ができたなら、そのときあらためて一葉を利用するため、妻としての身分だけは与えておくのではと思う。

奏は一葉を追いかけてこない。角を曲がるとき背後を確かめたが、奏の姿はもう見えなかった。きっと貴婦人とともに百貨店に入ったのだ。今頃は彼女を喜ばせるためにショウウインドウを覗きながら歩いている真っ最中だと想像した。

もはや外で気晴らしをするどころではなくなってしまった。

すっかり気を削《そ》がれた一葉は、屋敷にじっとしているとき以上に疲れ果て、鬱《うつ》々とした心境で、辻馬車に乗り直す。

行き先を告げる声まで頼りなくなってしまう。

一葉はあまりの辛さに、いっそこのまま父のところに帰りたくなった。だが、ようやく生気を取り戻し、子爵家を立て直すことに着手したという父を困らせるわけにはいかない。父にとっては一葉が滋野井家との橋渡しをする唯一の希望なのだ。今滋野井家に手を切られたら、それこそ父は自殺しかねない。そうなれば一葉も生きていられない。

帰る場所は奏の下しかないのだ。

一葉はひしひしとそれを噛み締めた。

どれほど叱られても、ひどい扱いを受けても、父がいるから我慢できる。逃げるわけにはいかなかった。

奏は一葉が勝手をしたことに不快を示すだろうが、いつもの無関心ぶりから推察するに、そんなに憤りはしないだろう。一葉が奏の面目をはっきりと潰しでもしない限り、あの淡々とした態度は変わらない気がする。

悪いことをしたのは確かだから、自分から詫びて許しを請おう。

それできっと簡単に終わる。

一葉はこんな具合に比較的事態を軽く考えたのだが、それは完全に間違っていたことがすぐ明らかになった。

一葉が帰宅してから一時間もしないうちに戻ってきた奏は、別人ではないかと驚くほど激しい勢いで不機嫌になっており、いつもの冷静沈着さをかなぐり捨てていた。

「来たまえ！」

せっかちに扉を叩く音がしたかと思いきや、一葉の返事も待たず居室に入ってきて、背後で狼狽え、「おやめくださいませ、旦那様！」と必死に止めようとするフユを一顧《いっこ》だにせず、一葉の腕を取って強引に連れ出す。

「おまえは下がっていなさい」

「一葉様がお悪いのではございません。フユが、フユが悪いのです。どうか旦那様、一葉様をお叱りになるのはお許しくださいませ。お願いします」

「下がれ、と言うのが聞こえなかったのか！」

滅多にない大きな声で奏にぴしゃりとはねつけられたフユはおののき、太り気味の体を強張らせてその場に立ち尽くす。

「フユ」

フユを安心させようとして、一葉は『大丈夫だから』と目で訴える。

一葉が青い顔で予定よりもずっと早く帰宅したときから、フユは何ごとが起きたのかと気を揉んでいた。一葉は正直に話せばフユが責任を感じて落ち込むのではないかと思い、なんでもない、もう十分気晴らししてきた、とだけ言ってごまかした。それでも一葉の様子が尋常でないことは隠しようもなく、フユの不安と心配は続いていたのだろう。そこに今度は奏が血相を変えて帰ってきたので、おおよそのことを察して慌てたらしい。

「一葉様」

フユが肩を落とし、項垂れる。

「今日は他に誰の目や耳もないから大目に見るが、そもそも廊下でその名前を呼ぶことは禁じているはずだ、フユ」

一葉の腕をきつく摑み取ったまま、奏が強《こわ》い声でフユを叱る。

「は、はい、申し訳ございませんでした、旦那様」

「下に降りていなさい。心配しなくてもわたしは妻に手を上げはしない。……たとえ、妻が女性でなくても、それは弁《わきま》えている」

「どうか、お慈悲をくださいますように」

フユは最後まで一葉を気にかけつつ、肩を落とした姿でとぼとぼと階段を降りていく。途中何度か立ち止まっては後ろ髪を引かれるように一葉を振り返ったが、奏がじっとフユが行ってしまうのを見ているせいか、踊り場から先は下を向いたまま心持ち足早になった。

フユの姿が完全に見えなくなると、奏は一葉の腕を引き、主寝室の扉を開く。

部屋に入れられた一葉は、暖炉の前にある安楽椅子を顎で示され、素直に腰を下ろした。もとより逆らうつもりはない。奏の怒りはもっともだ。ただ、これほど憤るとは思っていなかった。

一葉は自分の甘さをあらためて感じさせられていた。

一葉を椅子に座らせた奏は、大理石作りの暖炉の一辺に肩で凭れ、じっとこちらを睨み据える。

重い沈黙が部屋を覆った。

一葉はすぐに居心地が悪くなり、奏の視線から顔を隠して俯き、紺色の清楚なドレスに織り込まれた同色の糸による装飾を、ぼんやりと見つめ続けていた。

「何かわたしに言いたいことや尋ねたいことがあれば聞こう」

ややもして、奏が重々しい口調で沈黙を破った。

一葉はびくりと膝に乗せていた指を震えさせ、唇を嚙む。聞きたいことはたくさんあるが、いざとなるとどう切り出せばいいのかわからず、言葉にならない。異様な雰囲気に気圧されているせいもあった。なにぶんにも今日のことは自分に非があると認めているだけに、謝罪の言葉を口にするのが精一杯だ。

「……勝手をして申し訳ありませんでした」

緊張に掠《かす》れた声でようやく言った。

「それは何に対する謝罪だろう？」

奏に冷ややかに切り返され、一葉は戸惑う。

「お許しもなく外に出たことです」

「他には？」

重ねて問われる。

一葉はおそるおそる奏の顔を見上げた。彼がどんな答えを望んでいるのか、表情を探る。あいにくと奏の顔つきや目つきからは、不機嫌だということ以外は読み取れない。けれど、一葉は奏の怒りの原因が、断りなく外に出たことにあるのではなく、男の姿に戻ったことの方にあるのだと、遅ればせながら気づいた。

「あの……すみません。桃子の身代わりになるとお約束したにもかかわらず、男装をしてしまいました」

ふっと奏が深い溜息をつく。視線は一葉から逸らされ、暖炉の上の馬の頭を象《かたど》ったブロンズ像へと向けられる。

「きみは、そんなに今の境遇が辛いのか？」

一葉はまたもや返事に悩んだ。辛いとまでは思わないが、さりとて満足しているとも言いがたい。将来への不安は果てしなく、今後自分がどうなっていくのかまるで予想できないのである。今はまだいいが、来年、再来年とこのままの状態で年を重ねていくことを考えると、沈鬱にならざるを得なかった。奏の恋人があんなに綺麗で非の打ちどころがなさそうな貴婦人だと知り、自分自身がますます惨めに思えてきた。

最初からお芝居だとは承知していたが、お芝居もお芝居、とんだ猿芝居だ。奏が内心一葉をどう捉えているのか想像するだけで、胸が潰れそうな気分になる。しかし、そんなふうに感じていることを正直に打ち明けても、奏には理解できないだろう。

ここまで考えたとき、一葉はふと、自分があの貴婦人に対して抱くもやもやした感情が嫉妬ではないかと気がつき、愕然とした。

——嫉妬?

まさか、そんな。

慌てて否定しようとするが、否定しきれない。

一葉はさらに狼狽えた。

毎晩のように奏に抱かれているうちに、体ばかりか心まで女のようになってしまったのだろうか……?　いや、問題は性別ではなく、純粋に気持ちのありようだ。

やきもちを焼くということは、奏に恋愛感情を持ち始めていることに他ならず、一葉にはそれをきっぱり違うと言い切ることはできなかった。

思いがけない考えに行き当たった一葉は、奏の問いにどんな言葉も返せなくなってしまい、黙り込む。奏にはそれがますます癇《かん》に障ったようだ。あからさまに眉が顰められ、苦々しげな渋面に変わる。もしかすると奏自身にも一葉をいいように利用している引けめがあって、一葉の口から否定の言葉が出るのを待っていたのかもしれない。

「確かに不本意なことも多いだろうが、きみは納得した上でわたしと結婚してくれたのだと思っていた」

「はい……もちろん、ある程度の覚悟はつけてきたつもりでした」

一葉は迷いながらも低い声で答えた。

家のために自らを捨てる——一葉がした覚悟は当初確かにそうだった。ところが、気がつけば己を捨てるどころか、逆に欲が生まれてきた。奏に心を寄せ、彼の気持ちが欲しくなり始めているのだ。だから奏の本気を独り占めする貴婦人の存在を目の当たりにして衝撃を受けた。この先ずっと平静でいられるかどうか自信がない。一葉がこんなふうでは奏もさぞかしやりにくいだろう。

なぜ僕を抱いたりしたのですか。

一葉はもう少しでそんな恨みがましい言葉を口にしそうになった。

奏が変な気を起こさず、本当に形式だけの関係に徹してくれていれば、一葉も一生自分の気持ちに気づかず過ごせたかもしれないのだ。

あんなふうに毎晩毎晩抱きしめられたら、誰だって情が湧く。

奏の指にはいつも愛情と慈しみとが感じられ、たまに本気で愛されているのではないかと錯覚するほどだ。少なくとも一葉を抱いているときの奏からは、外に恋人を持つ男という印象は皆無である。口さがない世間の噂で、奏には他に好きな人がいるとか、無骨そうな顔をしていて案外遊び人なのだと聞かされていたし、実際何をしているのか判然としない外出も多いが、一葉には奏がそれほど不誠実な男には見えなかった。だが、とうとう今日、現実にあの貴婦人の存在を知ってしまい、噂が真実であると認めざるを得なくなった。あれほど情熱的な夜の行為も、単に肉欲の捌《は》け口《ぐち》にされているにすぎないのだ。

なぜ、という疑問はさておいても、ひどい男、と恨みたくなる気持ちは消せない。

「覚悟はつけてきたつもりだった？　だった、と過去形にするのはどういう意味なのだろう？」

一葉の頼りなくて曖昧な返事が、奏には気に入らなかったらしい。白い眉間に縦皺が寄る。

「今はその覚悟が消え始めていると言いたいわけか？」

一葉は激しく迷い、しばらく間をおいてからようやく答えた。

「……少し、そうかもしれません」

「だが、はっきりさせておく」

間髪容《かんはつい》れずに奏はたたみかけた。いつになく語調が荒れている。

「わたしはきみを離縁する気はない。きみが今どれほど後悔していようとも、一度した結婚の誓いは覆《くつがえ》させない」

あまりにも断固とした口調だったので、一葉は気圧された。

この先必ず取り沙汰されてくるはずの諸問題について、奏がどう対処していくつもりなのか、聞きたくても聞ける雰囲気ではない。たとえば跡継ぎのこと。あの美しい貴婦人が既婚者で、二人が密かに不倫している仲だとすれば、子供をつくれる可能性などないだろう。跡継ぎがいつまでもできないと、そのうち周囲が干渉してくるに決まっている。もしかすると子供ができないことを理由に、数年後一葉と別れるつもりではないかと考えたこともあったが、今の奏の強い口ぶりからしてそんな気はまるでないらしい。一葉には奏の思惑がどこにあるのか、相変わらずいっこうに摑めなかった。

「肝に銘《めい》じておいてくれ」

強く言い切った後、奏はさらにだめ押しした。

一葉は膝の上に乗せていた手をぎゅっと握り締める。

二人の間にまたもや重い沈黙が降りてきた。

言いたいことを言ってしまったらしい奏は、暖炉に片方の腕を預けて凭れかかったまま、じっと同じ姿勢で立ち尽くしている。ときどき神経質そうに指で大理石の表面をなぞったり叩いたりする以外、ほとんどどこも動かさない。

一葉も身じろぎひとつできなくなっていた。

じっと押し黙ったまま、重苦しい空気だけが部屋を流れていく。

カチカチカチ、と小刻みに鳴る秒針の音がやけに耳につく。昼の間は陽光が射していて暖かかった部屋に、じわじわと影が入り込んできて、次第に肌寒さを感じるようになった。

烏が大きくひと鳴きし、窓の外を掠めるようにして飛んでいった。

一葉は遠慮がちに視線を上げ、暮れなずむ空を見た。

ゆうに一時間以上もの間黙りこくっている。あとどのくらいすればこんな状態から解放されるのかわからない。この場を仕切っているのはあくまでも奏だった。ちらりと奏に目をやる。奏はそっぽを向いたまま立っているばかりだ。両腕を胸の前で組み、肩で暖炉に凭れている。すっと鼻筋の通った横顔はいつもの無表情に戻っていて、何を考えているのかまるでわからない。

どうにかしてこの場の空気を変えたいと思った一葉が、勇気を出して口を開きかけたときだ。廊下を歩いてくる足音が聞こえてきた。

間もなくして扉が叩かれる。

「旦那様、奥様」

欣哉の声だ。

ピクリ、と奏が頬の肉を引きつらせ、腕組みを解く。

一葉は身を硬くした。

欣哉は今夜遅くなるように聞いていたが、これまた予定より早く帰宅したらしい。

今ここで欣哉と顔を合わせるのが憂鬱だった一葉は、願わくば奏が部屋を出て行き、書斎で彼と話をしてくれればいいのに、と心の中で唱えた。

「何の用かね？」

奏が扉に向かって用向きを確かめる。

さすがに欣哉も主寝室の扉を許しもなく開けようとはしなかった。扉の向こうから返事をする。

「お夕食の準備ができたそうです」

どうやらフユの代わりにそれを伝えに来たらしい。

「ああ、そうか。わかった、すぐに行く」

すぐ傍らに置かれた時計の盤面に目を走らせ、奏は、もうこんな時間か、という表情をした。

何事か考え込んでいて、気がついていなかった様子だ。

ネクタイの結び目に触れ、軽く位置を直した奏は、椅子に座ったままでいた一葉に流し目をくれると、促すように顎をしゃくる。行くぞ、という意味だ。

一葉は気乗りしないながらも、仕方なく立ち上がった。

こんな嫌な雰囲気を引きずったまま食卓に着くのかと思うと、うんざりする。とても食事など喉を通りそうにない。だが、下に行かなければフユが心配するだろう。

先に部屋を出て行った奏の背中に従い、開け放たれた扉に近づく。

扉の陰には欣哉が佇んでいた。分厚いレンズの嵌《はま》った丸眼鏡越しに一葉を見つめる小さな目と視線がぶつかる。一葉はわけもなくヒヤリとして、すぐに視線を逸らした。いかにも木訥《ぼくとつ》として邪気を感じさせない目なのに、一葉はいつも苦手意識を持たされるのだ。まるで恋でもしているような、夢見がちに潤んだ瞳に神経を逆撫でされ、後ろめたい気分でいっぱいになる。一葉は決して欣哉を騙したくてこんな姿をしているわけではなかった。

「あ、あの、奥様」

俯いたまま欣哉の前を通り過ぎようとした一葉を、欣哉がくぐもった声で呼び止める。

あからさまに無視するわけにもいかず、一葉は首だけ回して振り向いた。

「どうかなさったんですか……？　なんだかお顔の色が優れないようですが？」

「なんでもありません」

一葉は小さな声で短く答えた。

夫婦の不仲に勘づき、探りを入れようとするような欣哉の目つきが煩わしい。不躾《ぶしつけ》でいやらしい印象で、とにかく不快だった。悪気がないのはわかるのだが、立ち入りすぎだ。一葉は欣哉の同情や憐憫《れんびん》の気持ちなどいらない。むしろ放っておかれたかった。

「桃子」

廊下の向こうで奏が立ち止まり、振り向いて機嫌の悪い声で呼ぶ。

「は、はい」

一葉は欣哉を振り切る理由ができた安堵と同時に、奏をさらに怒らせたのではないかという不安を感じ、ドレスの裾をつまみ、廊下を足早に歩いていった。

「何をしていた」

「申し訳ありません」

奏の機嫌の悪さは決定的だった。頭を下げて詫びる一葉に冷ややかな視線を浴びせたきり、一葉が傍に来るまで待たず、先に階段を下りていく。端から見れば妻を冷遇している封建的な夫そのものだ。

一葉は背中に欣哉の視線を強く感じながら、奏の後を追って一階に行った。

完璧に怒っている奏には気を遣う。その上、なにやら勝手な誤解をし、奏と一葉の関係を想像力だけで脚色しているらしい欣哉の勘違いしたような目も気になる。フユはフユで激しく落ちこんでおり、給仕する手つきも覚束《おぼつか》なく、これまた一葉を冷や冷やさせた。

どんなものを食べたのかすらよく覚えていない夕食が済む頃には、すっかり精神的に疲弊《ひへい》しきっていて、入浴したらすぐにでも横になりたかった。

夕食後、一葉は書斎にいる奏のところへ就寝の挨拶をしに行った。

奏は欣哉に手伝わせて書類整理らしきことをしており、一葉を見もせず「おやすみ」とだけ言った。

きっと今夜は奏も一葉と一緒にいたくないのだ。奏の態度はまさにそんなふうで、書斎と続きの寝室で休むのではないかと思ったのだが、またもや一葉の予想は外れた。

寝支度をして大きな寝台の片端に身を横たえ、うつらうつらし始めた一葉の下へ、ずいぶん経ってから奏がやってきたのだ。

寝台の揺れが一葉の意識をはっきり覚醒させた。

気がつくとすぐ真上に奏の顔があり、次の瞬間には体の上にのしかかられていた。

「奏さん？」

一葉はこくりと喉を鳴らす。

完全に不意を衝かれてしまっていた。

「お仕事はもう終わられたんですか？」

動揺のあまり、時間を稼ぐようにさして意味のない問いかけをしてしまう。

「ああ」

奏は眉ひとつ動かさずに答え、長い指で一葉が身につけている寝間着の釦《ボタン》を外し始めた。

「あ、の……」

一葉は縋るような目をし、奏の手を止めさせようと掴む。

奏の手はひんやりとしている。つい今し方水で洗ってきたばかりのようで、毛布の中でぬくもっていた一葉の手にはひどく冷たく感じられた。

「どうした？　今夜、いやは聞けないな」

先手を打たれて牽制される。

一葉はまさに口にする寸前だった言葉を呑み下した。

「てっきり、昼間のことをまだお怒りなのだと思っていました」

「もちろん怒っている」

では、なぜ。

怒っているのなら無視されるのが自然な気がする。当然、夜寝るときも別々で、下手をすれば何日も口をきかず目も合わせない状態が続くのではと思っていた。

もともと奏は喜怒哀楽をあからさまにしない性格だから、声を荒げて怒るというより、そうやってちょっと陰湿に怒りを表すのだろうと予想したのだ。それなのに、無視するどころかいつも同様に一葉の体に触れてくる。

一葉が当惑しているうちに、奏は器用な指使いで寝間着をはだけさせ、露わになった肌に手のひらを滑らせてきた。

「んっ……！　あ」

胸の突起を摘み上げて擦《す》り潰されると、じんとした痺れが背筋を伝う。一葉は足の指を突っ張らせ、顎をぐっと反らせた。奏に押さえ込まれていなければ、腰を支点にして全身を弓形に反り返らせていただろう。

弱いところは乳首だけではなかった。

腋下《えきか》から続く体の両側面やうなじ、耳の裏、顎の下。奏の指は的確にそれらの弱みを刺激する。くちづけのときには口腔内に散らばる感じやすい部分を擽《くすぐ》られ、唾液を交換して舌を絡ませ合う濃密で淫靡な行為に翻弄される。

昼間の顔が嘘のように夜は情熱的になる奏に、一葉の思考は焦点を見失い戸惑うばかりだ。

恋人がいるくせに――！

頭の中ではその言葉ばかりを繰り返す。喘ぎ声や嬌声の合間に何度か口から飛び出しかけたが、いつも間一髪で止めた。一葉にも矜持がある。そんな嫉妬にまみれた発言は恥ずかしすぎてできない。まして一葉は男なのだ。同性の奏に本気になりかけているというだけである種の敗北にも似た気持ちを味わわされ、屈辱を感じるのに、その上弱みを晒《さら》したり、みっともなくやきもちを焼いてみせるなど絶対にごめんだ。

奏の愛技で欲情して火照った体を俯《うつぶ》せに返され、シーツにしっかりと押さえつけられる。背後から挑まれるのは初めてだった。

尻のまろみを押し開かれる。十分に湿らされ、解された襞を割って、熱く硬い先端が有無をいわさぬ強引さで入り込んでくる。

「あああっ、ああっ！」

強い衝撃に堪えきれず、悲鳴のような叫びが出た。

腰をシーツから浮かして引き寄せられ、四つん這いの姿で受け入れさせられるのは、これまで正面から向き合った状態で繋がっていた感触とはまた違う。より深く貫かれ、奥の奥まで突かれ、蹂躙されて、一葉は激しく動揺した。

未知の領域まで侵され奪われる。

奏にとってもこの体位の方がより自在に腰を動かし、自分自身の快楽を追えるようだ。

乱れた吐息が肉薄の唇から零れ、一葉の首筋や耳朶にかかる。

「んんっ、う」

一葉はぞくぞくと身を震わせ、シーツを引き摑んだ。

狭い筒を穿ち、容赦なく擦り立てられる。

「ああっ、ああ、あっ」

一葉の声は次第に艶をまし、淫らに乱れてきた。

這わされた体が激しく揺れる。揺らされているのか、自分で揺らしているのか、一葉にはすでにわからなくなっていた。

「一葉」

奏が切なさの交じった掠れ声で一葉を呼び、ぐっと深く腰を突き入れる。

「あああ！」

頭の中に走る神経が焼き切れそうだった。

一葉は身悶えし、激しい嬌声を上げた。

繋がったままの腰ががくんと落ちる。一葉自身も弾け、シーツを濡らしていた。

達した後の満足感と解放感で、一葉の意識はあっという間に睡魔に連れ去られる。

「…一葉」

奏にもう一度名前を呼ばれ、汗ばんだ首筋やこめかみにうっとりするようなくちづけをもらっ

た気がしたが、果たして現実だったのか、ただ願望が見せた夢だったのか、定かではない。

現実にこんなふうに慈しまれ、愛されたならどんなに幸せだろう。そう思い、夢見心地で涙を零したのだけは確かだった。

V

男の形《なり》で無断外出してから一週間、一葉《かずは》はずっと家の中に閉じ籠もっていた。奏《そう》から謹慎しろと言い渡されたわけではない。一葉自身が、後ろめたさや反省心から庭先に出てみる程度のことも躊躇い、気が進まなかったのだ。

あれ以降、奏は一葉を責めたり叱ったりしない。

お互い腹に一物溜《た》め込み、納得しきれぬままでいるはずだが、表面的にはそれまでとさして変わらぬ日々が戻ってきている。今更あのことをぶり返すのはかえって禁忌になっている感もある。よく話し合い、解決する機会を失したまま、むりやり日常が再開されたようなものである。毎日がしっくりとこない状態で、一葉はそれまで同様に何もなかった顔で過ごすことはとてもできなかった。

相変わらず奏は昼になると出かけていく。

どこで何をしているのか一葉に告げることはなく、どんなに遅くなってもやはり日付が変わる前には帰宅するのだ。

貴婦人のことにちらりとでも触れる話が出ることはない。

その点、奏は完全に開き直っているようだ。まさか奏も、あのとき一葉が気づかなかったとは思っていないだろう。どのみち一葉は文句を言える立場ではないので、ばれたならばれたでいっこうに構わないと強気でいるのは頷ける。

フユの口から、昼間一葉が元気なく過ごしている様子を聞いて知ってはいるようだが、奏は無関心を装っている。自分に対する当てつけかと責めもしなければ、少しくらい気晴らしをしなさいと慰めることもない。夜、寝室で二人きりになっても、無言のまま体を重ねてくるだけだ。これだけは拒絶させないと決めているのが、きつく引き締めた顔つきや鋭い視線から如実《にょじつ》に伝わる。

旦那様が何をお考えになっていらっしゃるのかわかりません、とフユも困惑していた。

あまり気持ちが鬱《ふさ》いだままなのは体に毒だと諭され、一葉はようやく庭を歩いてみる気になった。

師走《しわす》を間近に控え、外の空気はすっかり冷え込んでいる。花壇や庭木からは華やかな色合いがぐんと減り、侘《わ》びしい印象を拭い去れない。これからますます寒くなり、灰色の印象を纏《まと》った本格的な冬が辺りを覆い尽くすのだ。せめて心だけでも温まりたい。

一葉が外に顔を出さないでいた間、すっかり懐いた野良の子犬にこっそり餌を与えてくれていたのはフユだ。一葉に会えなくて寂しそうにしていますよ、と何度も聞いていたが、一葉も自分の気持ちを整理することに手いっぱいで、とても子犬にまで気を回す余裕がなかった。久しぶりに外の空気を吸ってみて、ようやく心が晴れてきたような案配だ。

広い庭中を歩き回り、一葉は子犬の姿を探した。

だいたいいつも今の時間にどこからともなくやってきて、一葉の足元に身をすり寄せ、餌をねだって尻尾を振りたくっていたはずだ。だが、今日はいつまで待ってみても現れない。

ほんの一週間ばかりの間に、忘れられてしまったのだろうか。

一葉は寂しい気持ちになった。

餌をやる以外たいして遊んでやった覚えもないが、それなりに仲良くなっていたつもりでいた。子犬にとって一葉は結構頼れる相手になっていたのではと感じていたが、どうやらそれは一葉の勝手な思い込みだったらしい。

結局、慰められていたのは一葉の方で、子犬はただ気まぐれに相手をしてくれていただけだったのかもしれない。一週間も姿を見せなかったら、子犬も一葉を忘れ、餌をくれるフユにしか近づかなくなっても無理はない気もする。

一通り庭園内を巡って、一葉は気晴らしになるどころか、更に気落ちした。

溜息が出る。

一人ではないはずなのに、ひしひしとした孤独感に見舞われる。

父に会って話がしたい。

叶うことならば、母と桃子《とうこ》にも会いたかった。

感傷的な思いに、一葉はほんの半時足らずで屋内に引き揚げようとした。外に出ても、たいした慰めにはならない。部屋で編み物の続きでもするか、読書でもするかして過ごしている方が、まだ有意義に思える。

渋茶色の毛糸で編んでいる襟巻《えりま》きは、十日がかりでようやくそれらしい形になってきた。誰のためというはっきりした目的を持って編み始めたわけではないが、フユに頼んで買ってきてもらった毛糸の色は、明らかに男物を意識していた。離ればなれになっている父に一葉ができることを、という心遣いからだったかもしれない。一葉も当初は、編むなら父に贈れるものをと思っていた。

しかし、実際にひと針ひと針目を増やしていくうちに、想うのは奏のことばかりになってきて、とても父のために編んでいると言えなくなった。

こんなもの、奏が喜ぶはずがない。編み上がったものを見せたところで、鼻であしらわれて終わるだろう。一葉にはその様子が目に浮かぶようだ。

とりあえず、編み始めたからには最後まで仕上げ、あとのことはそれから考えるつもりでいる。

毎日少しずつしか編まないのは、一葉の心に迷いがあるからだ。編み上がったものを前に困惑する自分が容易に想像できる。たぶん、誰にも見せずに毛糸を解いてしまって、次こそ父のために何かを編むことになるだろうが、そうするのを先延ばしにしたい気持ちが、胸の奥にあるのだ。

ゆっくりした足取りで庭を横切り、一階の居間のテラスへと向かっていたところ、左手から急に欣哉《きんや》が姿を現した。

「あの、奥様」

一葉はぎくりとして立ち竦んだ。

欣哉の顔はなにやら不快なものでも見た直後のように青白く歪んでいる。一葉は不審を感じ、欣哉を無視できなくなった。

「どうかしましたか？」

その場に立ち止まり問うと、袴姿《はかますがた》の欣哉がちらちらと背後を気にしながら、当惑した面持ちで近づいてくる。あまり近くに来てほしくなかったが、来るなとも言えない。一葉はそっと首筋に手をやり、自らの細い首を確かめた。どうか間近で見られても男だと悟られませんように、と祈る心地になる。今のところ幸い欣哉の目には一葉がいっぱしの貴婦人に映るようで、不躾に直視されることはあまりない。なんだか眩しげに目を細め、ときおりちらちらと盗み見るようにするだけだ。それはそれであまりいい感じは受けないが、男だとばれるよりはずっといい。

欣哉が現れた左手の奥には裏門がある。欣哉は屋敷に出入りする際、正面の門ではなく裏手を利用するのだ。

「裏門の脇で犬が死んでおりまして」

えっ、と一葉は目を見開く。

「申し訳ありません、僕、動物がどうにも苦手でして。すぐにマツ子さんかフユさんを呼んで片づけてもらいますので、どうかあちらには今しばらくお行きにならないでいただけますか」

「犬って……小さな茶色の犬ですか?」

「はぁ、たぶん」

欣哉は言い淀む。ちらりと目にしたものをもう一度思い出すのが嫌なようだ。

「以前に何回かここの庭に入り込んでいるのを見かけたのと同じ犬だと思います。特に悪さをするわけでもなく、茂みの間をうろつき回っているだけのようでしたので、つい旦那様に申し上げるのを忘れておりました。どうもすみません。どうやら道を横切ってくるときにでも自動車か馬車に撥《は》ねられてしまったようで、ちょっと見るに堪えない死に様で…」

「そんな」

一葉は頭の芯を殴られたような衝撃に、息を呑んだ。

「どこですか、わたし……、その犬がもしわたしの知っている犬なら、マツ子やフユの手を煩わせたくありません」

「あっ、お、奥様!」

いけません、と欣哉が慌てて追ってくる。

焦るときに限ってドレスの裾が足に絡みつく。そのうえ肩に羽織ったショールに茂みの小枝が引っかかったり、小石に躓いたりして、なかなか思うように走れない。

「奥様っ！」

裏門の下、鉄柵の隙間に、ぼろ切れのようなものが蹲《うずくま》っているのが見えた途端、背後から思いがけない強い力で腕を取られ、引き留められた。

「見てはだめです」

「嫌っ、離して」

「奥様」

いったんは振り切ったものの、すぐまた欣哉に捕まえられる。

「あっ」

今度は腕ではなく、胴を抱き込んで引き寄せられ、一葉はぎょっとした。奏以外の男からこんなふうに大胆に触れられるのは初めてだ。

女でないことがばれる、という恐怖感よりも、単純に相手を嫌悪する気持ちが先に立つ。

「離して。離しなさい」

一葉は必死に抗い、どうにかして欣哉の腕から逃れようとするのだが、欣哉も意地になったかのように退《ひ》かない。見てはいけません、と繰り返しながら、一葉の体を門とは逆の方向に向けさせる。

あの子犬があそこで惨めに死んでいるかもしれないのに。そう思うと、邪魔だてする欣哉が一葉にはいっそ心なく思われる。

歯がゆさが一葉に貴婦人らしく振る舞うことを忘れさせ、気がつくと欣哉の胸ぐらに肘鉄を食らわせてしまっていた。

欣哉がぐえっと奇音を発して腕を緩めた隙に、飛び出す勢いで離れ、いっきに門まで走り寄る。

一目見ただけで、一葉は目を覆いたくなった。

ひどい状態になった胴とは裏腹に、あどけない顔のまま息絶えているのは、間違いなく一葉を何度となく慰めてくれたあの子犬だ。

一葉は差し金を外して門を開け、ドレスが汚れるのも構わず側溝に跪くと、肩にかけていたショールを外して子犬の体に被せ、そのまま抱き上げた。

「……ごめんね…」

ずっと会わずにいるうちに、永久に会えなくなってしまうなんて。

瞳に涙の幕が下り、視界が霞む。

またひとつ一葉の傍から命が消えてしまった。立て続けの喪失感は一葉をおおいに打ちのめした。

「桃子様、桃子様」

屋敷の方からフユが息せき切って走ってくる。欣哉も一緒だ。自分一人では一葉を止められなかった欣哉が、フユを呼んできたらしい。

泣くのを堪え、フユと欣哉に手伝わせ、子犬のための墓を庭の隅に作ってやった。

欣哉が手際も悪く穴を掘っている間、一葉はフユにしっかりと抱き寄せてもらっていた。もうとうにフユの背丈を越している一葉だが、フユに背中をさすってもらっていると子供の頃のように心が落ち着く。

「桃子様。今晩旦那様がお帰りになられましたら、しばらく外出をお控えくださるようにお願いしてごらんなさいまし」

「……無駄です」

一葉は本心からそう思っていた。

奏は一葉が野良の子犬を心の慰めにしていたことなど露知らないはずだ。見知らぬ犬が一匹死んでしまったくらいで、一葉のために何かしてくれるなど有り得ない。

「無駄かどうかはお聞きになってみないとわからないではありませんか」

フユはいつになく食い下がる。

「もしかしたら旦那様も、桃子様からそんなふうにいろいろとお願いされるのを望んでいらっしゃるかもしれませんよ。フユが思いますに、桃子様は旦那様にご遠慮なさりすぎるのでは」

「フユ」

一葉はフユの真剣な目を覗き込み、ゆるゆると首を振る。

「あの人には……外にお好きな女性がいらっしゃるから」

「そんな噂を本気になさっておいでなのですか？」

すでに周知の事実だとばかり思っていた一葉は、あらためてフユにそう聞かれ、意外だった。皆、奏の頻繁な外出はそのためだと承知していると思い込んでいた。どうやらフユはそれを単なる噂だと受け留めているらしい。

ただの噂と否定できるなら一葉もどれだけ楽になれるだろう。

だが、あいにくと一葉は自分の目で奏の逢い引き現場を見てしまったのだ。

「噂だけではないとわたしは知っています」

一葉の言葉に、フユは半信半疑の様子で顔を曇らせながら黙り込む。奏を信じたいのは確かでも、反論できるだけの具体的な根拠があるわけではなさそうだ。

穴を掘りながら一葉とフユの会話に聞き耳を立てていたらしい欣哉は、二人の会話が一段落した頃合いを見計らったように曲げていた腰を伸ばし、スコップを置いた。

「奥様、これで十分な大きさだと思いますが」

一葉はフユとしっかり手を取り合ったまま、地面にぽっかり空いた穴を見て、小さく頷いた。

ショールにくるんだままの子犬の亡骸《なきがら》を一葉自身の手で穴に入れた。

「ここまで奥様に思われたのですから、きっとこの犬は成仏《じょうぶつ》しますよ」

掘った土を穴にかけつつ、普段は無口な欣哉が珍しく気の利いたことを言う。

「……本当に、幸せな犬だ」

ぶつぶつと呟く声に、どこか不穏が交じっているようにも思えたが、悲しみに沈んでいる一葉の耳には長くとどまっていなかった。

その日、奏は日が沈む前に帰ってきた。

窓辺の長椅子に座り、編みかけの襟巻きを膝に載せたままぼんやりしていた一葉は、扉を叩いたのがフユではなく奏だったことに驚き、慌てて腰を上げかけた。

「お、お帰りだったのですか」

膝から落ちた毛糸玉が糸を引きながら絨毯の上をころころと転がっていく。

一葉があっ、と思ったときには毛糸玉は奏の手で拾い上げられていた。

「大丈夫か？」

奏は一葉に毛糸玉を返しながら、唐突に聞く。

何を指して大丈夫かと聞かれているのか一葉には定かでなかった。まさか犬のことではないだろう。それは奏には与《あずか》り知らぬ話のはずだ。だが、他に思い当たることもないので、もしかするとマツ子が気づいていて奏にこんなことがあったと教えたのかもしれない。

一葉は困惑したまま奏の手から毛糸玉を受け取った。

指と指が微かに触れ合う。

奏の指先は予想以上にひんやりとしていて、思わず握り締め、温めてあげたくなる。

しかしもちろん、一葉は奏の指を取りはせず、毛糸玉を握り込んだだけだった。

「いい色だな」

今度は毛糸のことだ。一葉は何が大丈夫なのか聞こうと思っていた矢先の話題転換に拍子抜けした。

奏との会話はだいたいがこんなふうで、次から次へと話題の対象が変わり、ひとつのことをずっと長く話すことの方が稀《まれ》だ。しかも主語や目的語が省かれている割合が高い。ときどき一葉はついていけなくなる。

「誰に何を編んでいる?」

あなたに襟巻きを――もう少しで一葉はそう答えそうになったが、あまりにも気恥ずかしくて言えなかった。奏もきっと迷惑がるだろうと思ったのだ。

「編み方を練習しているだけです。手持ち無沙汰だから」

「なるほど」

　奏は一葉の返事を聞いても特にどんな感情も湧かなかったらしく、とってつけたような相槌を打った。一葉は奏のこんな態度に一番心が傷つく。中途半端に構われるより、いっそ無視されたままの方が楽なのではと思う。

　本当は一葉も奏にいろいろ話を聞いてほしかった。フユに言われるまでもなく、毎日外出しないでたまには昼間一緒に過ごしてほしいと頼みたい。そうやってもう少し互いを知り合う時間が取れたなら、今のように虚しい気持ちにばかりならずに済むだろう。ろくに言葉も交わさないままひとりぼっちでいるのは惨めで辛い。

　だが、実際に奏と向き合うと不必要なまでに緊張してしまい、たちまち一葉の口は重くなる。そして胸に抱えていることをまったく出せぬままなのだ。歯がゆかったが、どうしようもなかった。

「……思ったより大丈夫そうだな」

　一葉がちょっと毛糸に視線を落としていた間に、奏はまたもや唐突に話を元に戻す。

　一葉はえっ、と奏の顔を振り仰いだ。

　頭を揺らした拍子に髪がさらさらと頬にかかってきた。もともと男にしては長かったが、夏から本格的に伸ばし始めた髪は、すでに付け髪なしでもおかしくない長さになっている。近頃の流行で、髪を短く切ってコテで癖をつけた髪型《ヘアスタイル》の貴婦人方も多く、短いことがそれほど珍しくもないからだ。

奏の腕が一葉の頬に伸びてくる。

一葉は思慮深く澄んだ奏の瞳に見入り、じっと視線を合わせたまま身じろぎもできなくなった。

そっと一葉の頬に触れた指が、一筋だけ絡んでいた髪を払いのけてくれる。

たったこれだけのことに、一葉は胸をどきどきと高鳴らせていた。

今なら言えるかもしれない。寂しいのです、明日はどうか傍にいてくださいーー素直にそう頼めばいいのだ。

もう喉下まで言葉は出かけていたが、奏が一葉から顔を逸らし、すっと身を退いたので、またもや一葉は機会を失してしまった。

失望の溜息が洩れる。

奏はすでに出入り口まで歩いていっていた。

静かに扉が閉まり、奏の背中が廊下に消える。

結局奏がわざわざここまで何をしに来たのかもわからないままだ。一葉は唯一奏が気に入ったようなことを言って意思を示した毛糸玉を、それまでとは違う物を扱っている気持ちで巻き直し、そっと長椅子の上にある籐籠《とうかご》に入れた。

野良犬の死を悲しむ一葉を傍で見ていた欣哉は、今までにもまして一葉のことを気にかけ、些細なことでもあれこれ話しかけてくるようになった。それもたいていは奏が出かけている隙のことで、書庫で新しい書物を探していると手伝いますと言ってずっと居座ったり、自分が供をするので外出しませんか、などと言ってまとわりついてくる。

ただでさえ欣哉が苦手な一葉には、どうにも面倒でうっとうしい。やんわりとそれを伝えたつもりでも、欣哉はいっこうに一葉の気持ちを苛立たせていることに気づかないのだ。

師走《しわす》も半ば近くになり、そろそろ年の瀬を意識してきたので、今まで手つかずのまま放置しておいた納戸《なんど》の整理を始めたところ、案の定欣哉がぴたりと離れない。

一葉はいい加減うんざりして、いつもよりきつい口調で言った。

「ここはわたし一人でもやれます。欣哉さんは欣哉さんで、旦那様に頼まれた用件をお済ませにならないと、また昨夜のようにご不興を買うのではありませんか？」

「奥様にご心配していただくには及びません」

一葉が強く出ると、欣哉までそれに倣うかのように断固とした態度になる。一葉は困ってしまい、襷《たすき》がけをして着物の袖を捲った腕を顔に上げ、指先でこめかみを押さえた。埃よけに被った頭巾《ずきん》のおかげで欣哉の不遠慮な視線を真っ向から受けずに済むのはありがたい。

ここのところの欣哉の態度は、目に余る。

たとえば今のように、四畳半ほどの狭い納戸で世話になっている家の夫人と二人きりでいるというのは、普通なら避けるべき状況ではないかと思うのだが、欣哉はいくら断っても遠慮しようとしない。もし欣哉に変な気でも起こされたら、一葉はいよいよ奏に顔向けできなくなる。

今までは何事も起こらずにきている。だが、誰にいつどんな魔が差すかは、予測できないことだ。

欣哉は一葉を女と信じて疑いもしていない。以前、胴に腕を回して抱きしめられたとき、一葉は欣哉の力が意外と強いことに驚くと同時に、危険を感じもした。少々動作が鈍く、勉強だけを熱心にしてきた田舎出の学生という印象は、一葉に欣哉がれっきとした成人男性だということをつい忘れさせがちだ。眼鏡の奥に覗く小心そうな細い目や、顔中に散らばるそばかすが、実年齢より欣哉を幼く見せるせいかもしれない。

しかし実際の欣哉は、案外人一倍強い情動を抱え込んでいるようだ。二人きりになるのは極力避けた方がいいと一葉は思った。

今日はたまたまフユもマツ子も出かけている。もちろん奏もいつものごとくいない。もうしばらくすれば二人のうちどちらか戻ってくるはずだが、それまで一葉はなるべく欣哉を遠ざけておきたかった。

いったいどう諭せば欣哉を引き下がらせることができるのか。

一葉は真剣に頭を悩ませた。

「奥様」

一葉が言葉を探しているうちに、欣哉が熱の籠もった声をかけ、一葉に詰め寄ってくる。

あまりにも不躾な距離まで近づかれて、一葉は身を竦ませた。

床にきちんと正座していた腰を反射的にずらす。

欣哉はすぐ目の前まで迫ってきており、今感じたばかりの不安を一葉は倍にも三倍にも膨らませた。欣哉の眼差しには、いつになくぎらついた光がある。これは男が女を見る目だ、と本能が一葉に教えていた。

まずいことになりそうだ。

一葉は咄嗟に立ち上がろうとした。

その動きが、切羽詰まっていた欣哉に最後の一線を踏み越える決意を促したのかもしれない。

「奥様、僕……！」

「あっ！」

一葉は飛びついてきた欣哉にあっけなく抱き捕らえられ、本物の女性のような悲鳴を上げた。

「何をするのです。やめて、……いや」

なんとかして欣哉を振りほどこうとするのだが、欣哉の腕の力は、庭で胴を引き寄せられたときの比ではなかった。

背後から、中腰になった欣哉に胸元をしっかりと抱き竦められる。

もし洋装だったならこの段階で男だとばれ、驚きのあまり手を離してくれていたかもしれない。

しかし幾重にも着物を重ねた和装では、胸の有無などそうそうわかりはしない。むしろ一葉の細い首や白い肌、身じろぎするときのか弱げな様子に、欣哉は疑いもなく女を感じて、ますます心と体を高ぶらせたようだ。

「旦那様みたいな、あんな薄情な方に、いつまでもあなたを任せてはおけない。ぼ、ぼ、僕は、ずっとあなたを救いだす機会を待っていたんです」

興奮した欣哉が、ところどころ突っかかりながらも早口で真剣に言う。

「僕なら、奥様をもっと大事にする」

「やめて。お願い、離しなさい」

「そ、そんなに怖がらないでください」

項を分厚い唇が這い、一葉はぞわっと全身に鳥肌を立てた。

奏ではない男に触れられるのがこれほど嫌悪することだったとは。一葉は必死になって欣哉の腕の中から逃れようともがいたが、欣哉はびくともしなかった。

「ああ……なんていい匂いがするんだ」

「いや…っ、あ」

頭巾を取られ、フユの手で綺麗に整えられていた髪に鼻をつっこんだ欣哉が、感嘆したように溜息をつく。熱い息が項にかかり、一葉は泣きそうになった。

こうなるのではないかとうっすらした危惧はあったが、まさか本当にこんな目に遭うとは思っていなかった。油断したのだ。

もしこのまま変なことになれば、奏に合わせる顔がない。ただでさえ無断外出した一件で気まずくなっているのだ。今度こそは奏も一葉に呆れ、愛想を尽かすことだろう。

「あなたをこうして僕の腕に抱く日を夢見ていたんだ。澄ました顔をしていながら、旦那様は鬼のようにひどい方だ。そうでしょう？　あなたが嫌だと言って泣いているのに、毎晩毎晩当然のようにあなたを辱《はずかし》めて……！」

熱に浮かされているように、欣哉の口から予期していなかったせりふが次から次へと飛び出す。

一葉は頭の芯を横殴りにされたような衝撃を受けた。

――なぜ夜のことを欣哉が言うのか。

今の言葉は、欣哉が一葉と奏の営みを盗み見ていたということに他ならない。すぐにはとても信じられないが、他に考えようもなかった。

そういえば、以前、扉が微かに音をさせるのを聞いた夜があった。朝になって、寝る前に確かにきちんと閉めておいたはずの扉が薄く開いているのを見つけて、おかしいと首を傾げたこともある。そのときは自分の思い違いだろうということで片づけていたが、そうではなかったのだ。

あんなことをしている最中を、こともあろうに欣哉に見られていたなんて。

一葉は羞恥と屈辱、そして激しい嫌悪に身を震わせた。

しかも、裸で奏に抱かれているところを見たはずなのに、欣哉はなお一葉を女だと信じ切っている。いくら毛布や奏の体で胸や腰が隠れていたにしろ、その点はいささか滑稽でもあった。よほど欣哉の思い込みは激しいのだろう。

「奥様、奥様、お願いです。僕とここから逃げてください。ど、どうせ旦那様には、よそに愛人がいらっしゃるんでしょう。出入りのご用聞きまでそんなふうに噂しているくらいです。奥様だってご承知なんでしょ？」

一葉が絶句している間にも欣哉はさらに言い募る。

「お気の毒な奥様。でも、これからは僕があなたを大事にします。あなたのこと、一目見たときから愛していたんです、僕」

「ばかなことばかりおっしゃってないで、離してください！」

とうとう黙っているのに堪えられなくなり、一葉は大きく首を振って言った。

こんなときでも女として振る舞うことを忘れなかったのは、ひとえに欣哉に対して僅かでも隙を見せたくなかったからだ。もし逆上した欣哉が袖にされた腹いせにこの家の秘密を吹聴して回れば、滋野井《しげのい》伯爵家の体面に傷がつく。奏の立場も危うくなる。高柳《たかやなぎ》家の名誉にも関わってくる。

一葉はそんなことにだけはしたくなかった。ここは自分がしっかりと踏ん張らなくては、という気持ちが一葉を強くした。

「欣哉さんの気持ちはありがたいけれど、わたしは滋野井の妻です。どんな形であれ、あなたに応えることはできません」

「ばかばかしいですよ、そんなの！」

きっぱり拒絶した一葉に、欣哉は納得がいかないというように声を張り上げる。

「奥様は毎日それは寂しそうな顔で屋敷に閉じ籠もってばかりじゃないですか。倫理や道徳なんかを気にしてたら、一生このままですよ？」

どうせ奏は一葉のことなど愛していない、建前だけの妻としか考えていないのだから。口には出さないが、欣哉はそう言外に仄めかしている。

一葉は目を伏せ、唇の端を噛み締めた。

「いいですって？　じゃああなたは、あなたを毎日寂しがらせて自分は外で遊んでばかりの旦那様を、愛しているんですか？」

激しい剣幕で欣哉に聞かれて、一葉ははっと目を見開いた。

奏を、愛しているのか――そんなことを面と向かって問われたことは今まで一度もなかった。

一葉の胸に、戸惑いや疑問、躊躇い、そしてずっともやもやしていたことにひとつの答えを授けられた瞬間の目の覚める思いが、いっせいに湧き出てくる。それらは大きく渦を巻き、一葉の頭を混乱させた。

「このままでいいっておっしゃるんですかっ？」

欣哉に苛々した調子で重ねて聞かれる。

「え、ええ…」

一葉は自分の気持ちを手探りしながら、覚束ない声で答えた。

一度肯定してみると、じわじわとその答えに確信が生まれてくる。

こくりとひとつ喉を鳴らし、一葉は続けた。

「わたしは……わたしは今のままがいいのです」

皮肉にも、一葉は欣哉に詰問されて初めて、自分の気持ちと対峙《たいじ》し、意外なほど素直になっていた。

たぶん、奏のことを愛している。

どんなに辛く虚しい毎日を過ごさなければいけなかったとしても、彼の傍を離れて他の人といる自分を思い描くことはできない。

本当はとうにこんな気持ちになっていたのかもしれない。

ただ、それを認めるには、あまりにも一葉の状況は複雑で、自分でも容易に踏ん切りをつけることができずにいただけなのだ。

「う、嘘だ！」

突然欣哉が、一葉の体を背中から抱き竦めたまま床に倒れ込む。

「あっ」

着物が邪魔をしてうまく動けない一葉を欣哉はあっさり仰向けに押さえ込み、体重をかけてのしかかってきた。

「何をするのです！」

一葉は叫び、必死に身じろぎするが、欣哉をはねのけて逃れることはできなかった。

しっかりと両肩を堅い床に押しつけられる。一葉は痛みと恐怖に唇を震わせた。

「嘘でしょう、嘘ですよね、奥様」

欣哉の目の色はますます尋常でない色を湛《たた》えているようだ。

「あなたみたいに清楚で美しい人でも、毎晩ああして犯されているうちに籠絡《ろうらく》されて、旦那様みたいな男がよくなるんですか？」

「そ、……そんなこと……」

あからさまな言葉に一葉は動揺する。

なぜこんなはしたないことを言われて辱められなくてはいけないのか、と羞恥や嫌悪で顔が熱く火照ってきた。

「あり得ませんよね」

一葉に聞くというより、自分自身を納得させるように欣哉が呟く。

どうにかして欣哉を落ち着かせ、離れさせなければ。

一葉はそのことだけを考え、必死に頭を働かせた。

下手に欣哉を刺激すればどんな手荒なまねをされるかわからない。欣哉が冷静さを取り戻し、自分がどれほど大それたことをしているのか気づいてくれればいいのだが、不気味に見開かれた瞳孔や荒々しく息継ぎする様子を見れば、とてもすぐには目を覚まさせられそうもない。

「奥様！」

激情に駆られたように、欣哉が一葉の身を息もできなくなるほどきつく抱きしめる。

一葉は息苦しさに喉を喘がせた。

ただでさえ帯で締め付けられて苦しい胸がさらに圧迫され、うまく空気を吸うこともできない。

「……は、離して」

「奥様、奥様。愛してます。あなたを幸せにできるのは、僕だけだ」

分厚い唇が一葉の顔に近づいてくる。

一葉は精一杯首を仰向かせ、左右に振り、欣哉の唇を避けようとした。もしくちづけなどされたら、一葉は不快感で嘔吐してしまうかもしれない。

こんなことをしていいのは奏だけだ。

奏以外の男に抱かれ、くちづけられたりするのは、死んでも嫌だと思った。

「奥様っ」

必死に抵抗する一葉に焦れた欣哉が、とうとう一葉の顎を手で掴み、顔を固定する。

「いや。嫌です！　やめ……うっ」

べちゃりとした唇を押しつけられ、一葉は体中の毛が逆立つような不快感を覚えた。

「やめてください！」

すぐさま頭をめちゃくちゃに振って逃れる。

「離して、離して！　こんなところを誰かに見られたらどうするつもりですか！」

苦しい息の下から一葉はやっと声を張り上げた。

もっと大きな声で叫べば誰かの耳に届くだろうか。そう思い、締め付けられている胸に空気を吸い込もうとしたが、思うようにいかなかった。

どのみち屋敷内には誰もいない。小高い丘の上に建てられたこの屋敷は、どの家とも隣接していない。庭の広さも相当なものだから、表通りを歩いている人も、一葉が屋敷内で大きな声を上げてもそうそう気づかないだろう。

「奥様、僕と逃げると言ってください」

欣哉がますます腕に力を込める。

いったいどこにこんな力を隠していたのか、一葉は自分が欣哉を甘く見ていたことを今更ながら後悔していた。

「い、……いや、です」

「奥様っ！」

「いや！」

必死に拒絶しながら、いつまでこうして欣哉を抑えていられるのだろうと不安になった。最後の理性のタガが外れたら、欣哉は一葉を無理やり屋敷から攫《さら》うかもしれない。

考えただけで冷たい汗がこめかみを伝い落ちていく。

なぜこんなことになるのだろう。

嫌だ。誰か助けて。

一葉は苦しい息の下でもう一度声を出そうと試みたが、今度も喉を喘がせ、ぜいぜいした音を絞り出すのが精一杯だった。

身じろげば身じろぐほど欣哉の腕の力が増していく。このまま息が止まってしまうのではないかと思うくらい雁字搦《がんじがら》めに拘束される。

激しい不安と恐怖に、一葉の意識は遠のきかけた。

そのとき、階下でバタンと扉が開閉される音がして、次に微かに犬の鳴き声が聞こえた気がした。

……あの死んだ子犬……?

一葉は朦朧《もうろう》としてきた意識の中で、あの子犬が迎えに来てくれたのなら、いっそこのまま舌を噛んで子犬と同じところに行くのもいいかもしれない、と思った。

階下の物音が一葉の聞き間違いや空耳などではなかったことは、欣哉がハッとしたように腕の力を緩め、一葉にのしかからせていた体を浮かせかけたことからも確かだった。

「誰かいないのか?」

階段を上ってくる足早な靴音、そして訝しそうな声が近づいてくる。

――奏さん！

一葉が安堵と驚きに目を瞠るのと、欣哉がギョッとして一葉を離したのが同時だった。

開け放たれたままだった納戸の出入り口に奏が姿を見せる。

奏の細くて形のいい眉がみるみる吊り上がり、切れ長の目が二人を凝視し、カッと開かれた。

「ここで何をしているっ！」

激しい怒声が狭い納戸中に響き渡る。

「あわわ、あのっ、あの……っ」

予想もしていなかった奏の登場に、欣哉は完全に狼狽し、動揺していた。

欣哉が一葉の傍らに膝を突いたため、床に横たわったまま安堵と新たな不安にぐったりしていた一葉からは、奏の姿が欣哉の陰に一部隠れ、顔が見えなくなった。

起きあがろうにもすぐには体に力が入らない。

どうなるのだろう、どう思われたのだろう。

一葉の胸は激しく搔き乱れ、さっき以上に苦しくなる。

「外に出ろ」

「だ、だ、旦那様っ！　うわぁ」

勘弁してください、と情けない声を出す欣哉を、奏は人が違ったような恐ろしい剣幕で無理やり廊下に引きずっていく。

一葉は唖然として二人を見送った。

自分もこんなことはしていられない。どうにかして起きあがり、奏に事情を話さなければ、と思うのだが、気ばかりが焦って動けない。

廊下で、言い争う声と取っ組み合いでもするような物音がいくつかした後、階段を下りていく騒々しい物音が続く。

一葉はどうにか仰向けの状態から俯せになった。

奏が助けてくれた……。

じわっと涙が零れてくる。

たまたま今日に限って、こんな日も高いうちに帰ってきたらしい。いつもならまず考えられないことだ。おかげであれ以上変なことにならずに済んだ。

ホッとしてまた力が抜ける。

身を起こすことも忘れ、俯せになったまま床に伏していると、すぐ鼻先でくうん、と鳴く声が聞こえた。

一葉は涙に濡れた睫毛を上げ、目を開いた。

すぐ間近に、子犬の白い顔が迫っている。

驚いて目を見開いた一葉の濡れた頬を、薄桃色の舌がペロペロと舐めた。

くすぐったさに一葉は自然と口元を綻ばせてしまう。

「……おまえ、……どこの犬？」

一葉が小さな声で聞くと、子犬はますます嬉しげな顔をして、きゅんきゅん鳴きながら一葉の顔中を舐め回す。

一葉は深く息を吸い込むとゆっくりと身を起こし、あらためて子犬と顔を合わせた。

真っ白くて、毛足の長い、とても綺麗な子犬だった。首には薄水色のリボンが結ばれている。まるで贈り物か何かのように見える。

抱き上げてみると、子犬はよく躾けられていて、とても従順だというのがわかった。

誰かが一葉を慰めるためにわざわざ持ってきてくれたようだった。

もしかして、という閃《ひらめ》きが走ったのと、出入り口に奏が姿を現したのとがほぼ同時だった。

「奏さん」

床に座り込んだまま奏を振り仰いだ一葉に、奏は僅かに乱れた髪を掻き上げつつ言った。

「怪我はないか？」

「は、はい」

一葉は犬を抱いたままなんとか立ち上がり、申し訳なさと恥ずかしさでいっぱいになって顔を俯かせた。

「ごめんなさい。わたしの不注意で……こんなことになってしまって」

「何もされなかったんだな？」

「……はい」

ちらりと脳裏を嫌悪に満ちたくちづけのことが掠めたが、一葉はすぐさま頭の中からその嫌な記憶を払いのけた。嘘を吐《つ》いた後ろめたさは感じたが、たぶん奏もここは一葉に「はい」と言って欲しがっている気がした。あんなくちづけ、なかったことにして忘れよう。そう決心する。

「本当に、申し訳ありませんでした」

ぎゅっと子犬を抱きしめて、一葉はもう一度謝った。

「きみが無事ならそれでいい」

奏は相変わらずぶっきらぼうに言う。

一葉はじわじわと顔を上げた。

奏と目が合う。

眇《すが》められた切れ長の目には、奏がどれだけ一葉を心配し、欣哉に憤ったのかを察させる色が濃く残っていた。乱したままの髪にもそれは表れている。

奏の視線が少しずれ、一葉が胸に抱いた子犬へと移った。

「それはきみの犬だ」

やはりそうなのか、という気持ちで受け留めたので、一葉は驚かなかった。

「もしかして……野良の子犬のこと、ご存知だったんですか……？」

勇気を出して聞いてみる。

わかるかわからないかくらいの曖昧さで奏は頷いた。

くぅん…、と子犬が甘えたように鳴く。

一葉が子犬に気を取られているうちに、奏はさっさと背を向けて納戸から出ていきかけていた。

「あの、奏さん」

急いで呼び止める。

奏は足を止め、顔だけ肩越しに振り返らせた。

白くて整いきった美貌に一葉はドキリとする。

「……あの、……ありがとうございました」

欣哉から助けてもらったこと。子犬を贈ってくれたこと。

奏は無愛想に引き結んでいた唇を僅かばかり緩ませただけで、返事らしい返事もなく歩き去ってしまう。

嫌われてはいない。

思っていたほど無視されていたわけでもない。

一葉はひしひしとそれを感じていた。

あの能面のような顔の下に、奏はいったいいくつの表情を持っているのか。

さっき欣哉に聞かれて奏を愛していると自覚したことを思い出す。

胸がどきどきとしてきた。

——ああ、どうしよう。僕は奏さんを本気で好きになってしまっている。

——どうしよう。

桃子の顔が脳裏に浮かぶ。

なんだか妹を裏切っているようで、一葉は平静ではいられなかった。最初は単に身代わりのつもりでしかなかったのに、ほんの二ヶ月半一緒にいただけで、すっかり心を奪われている。一緒にいるのが当たり前になっているばかりか、男同士であるのに、奏の気持ちを自分に惹きつけたい、もっと構ってほしいとまで思い始めているのだ。いつの間に、と自分でも不思議な心地だった。

「ごめん、桃子」

妹に詫びる言葉が口を衝く。

大きな目をきょとんとさせた子犬が、まるで一葉を慰めるようにまたひと鳴きした。

一葉は子犬の顔に頬を擦り寄せ、どこに持って行きようもない複雑な気持ちを少しでも軽くしてくれそうな存在があることに感謝した。

Ⅵ

納戸で起きた事件を理由に、欣哉《きんや》は即日屋敷から追い出された。

あとから事の顛末《てんまつ》を知ったフユはたいそう驚き、自分が気をつけていなかったせいだと泣きそうになった。幸いにも奏《そう》が間に合ったので大事には至らなかったものの、万一間違いが起きていれば生きた心地もしなかったと洩らす。

もちろん一葉《かずは》は、フユに落ち度があるなどといささかも思っていない。

奏にもらった子犬をフユに見せ、自分が元気づけてもらったようにフユの気持ちも子犬が晴らしてくれればいいと願った。

無邪気で腕白《わんぱく》な可愛い子犬は、予想以上にフユを慰めたようだ。

つい今し方まではこの世の果てがきたと言わんばかりに元気のない顔をしていたフユが、まぁ、まぁ、可愛い、と、顔中を綻ばせて子犬の相手をする。

「それにしましても、旦那様は一葉様のことをよくご覧になっていらっしゃるのですね。あの野良犬が死んでからというもの、一葉様の顔色は優れませんでした。きっと旦那様はすぐに何かあったのだとお気づきになり、マツ子さんか……誰かに探りを入れてお知りになられたのでしょう」

そうかもしれないと一葉も心の中で同意した。でなければ、生き物はあまり好きでないと聞いていた奏が、わざわざ外国産の子犬を探してきてくれるとは思えない。

　おまけにあの事件以来、奏が昼間外に出る頻度はがくりと減った。それまで毎日だった外出が、ここ一週間ほどは、二日おき、三日おきになったのだ。

　最近まで一葉は奏が外で何をしているのかまったく知らされていなかったのだが、ぽつりぽつりと寝物語のようにして奏の口から少しずつ明かされたところによれば、何やら慈善活動めいたことをしているらしい。まだ世間に名の通らない若い芸術家たちのパトロンになって、彼らの創造した芸術品を顔の利く画廊や出版社に持ち込んでやったり、いろいろな相談に乗ってやったりしているそうなのだ。あの貴婦人と毎日逢瀬を楽しんでいるわけでもないようだとわかると、一葉はずいぶん気持ちが軽くなった。またひとつ新たな奏の素顔に触れられ、嬉しくもある。

　週のうち半分以上は書斎や居間に落ち着いている奏の姿を見かけると、一葉はつくづく幸せな心地になる。

　なんとなく気恥ずかしいのと、無口な奏を相手に間が保《も》たないという理由から、見かけても目が合ったときに微笑む程度だが、奏が屋敷内にいるのといないのとでは、居室に籠もって編み物をしたり子犬と戯れたりしていても、気持ちのあり方が全然違う。

　そのぶん、奏が出かけた日の寂しさは、以前より増した気がする。それでも以前のようにいつの間にか出かけているということはなくなって、必ず外出前には「出てくる」とひと言だけだが挨拶していくようになった。そのたびに一葉は「行かないでください」という言葉を口にしかけて、困惑する。

どんどん欲張りになる。

珍しく昨日に続いて今日も出かけてしまった奏を想い、一葉は深い溜息をつく。あと少しで完成する襟巻きを膝に載せ、カウチの足元に蹲っていた子犬を抱き上げると、「だめだ…」と呟いた。奏のことを考えると集中できない。止め処《ど》なくあれこれ想像してしまい、複雑な模様編みの目を数え損なってしまうのだ。

子犬はこの十日あまりのうちにすっかり一葉に懐き、まるで数年来の仲のごとく一葉の気持ちを理解してくれるまでになっている。うとうとしていたところをいきなり抱き上げても機嫌を悪くせず、くるくるとした大きな目で一葉を見上げ、嬉しそうにハァハァと舌を出す。

「もうすぐ聖誕祭だね」

子犬を抱いたままカウチを立ち、窓辺に近づいて外を眺める。

高柳家では、毎年聖誕祭はお祝いをしていた。母方の祖母がクリスチャンで、母も幼い頃から様々なキリスト教関連の行事に馴染んでおり、父が特に信仰に拘《こだわ》りのない人だったこともあって、自然とそうなっていたのだ。

一時は荒れていた父もすっかり元に戻り、元気に暮らしているらしい。

いずれ会いに行きたいのだが、以前奏に頼んでだめだと言われて以来、切り出しかねている。あのときはずいぶん奏を恨めしく思ったものだ。冷たい、心ない人、と胸中で誹《そし》りもした。しかし結局、父は一葉がいなくてもちゃんと自分自身を取り戻してくれたのだから、無理をして会いに行かなくてよかったのかもしれない。奏が娘婿として何度か父を訪ねてくれたおかげだと聞いて、奏は奏なりに誠意を尽くしてくれたのだとわかり、ホッとした。単なる便宜上の姻戚だと考えているのならきっと知らん顔していたはずだが、そこまで冷淡でなかったことが意外でもあった。

あれからふた月ほど経つ。聖誕祭を理由に、もう一度頼んでみるのもいい頃合いかもしれない。

子犬が腕の中でもぞもぞし始めた。

一葉は屈んで子犬を絨毯の上に下ろしてやる。

子犬はおしっこでもしたくなったのか、一目散に扉に突進していく。

「こら、お待ち」

閉まっている扉にカリカリと爪を立てる様子に一葉は苦笑し、ドレスの裾を捌きながら扉のところまで小走りする。

扉に隙間をつくってやると、子犬はあっという間に飛び出していった。

そろそろ名前を付けてあげないと、と一葉は思う。ずっと頭を悩ませているのだが、なかなかいい名が浮かばず、延び延びになっていた。いい加減「こら」とか「ちょっと」などという呼びかけ方では子犬がかわいそうだ。

奏は日暮れ前に帰ってきた。最近は帰宅も早い。

欣哉が追い出されてから、食卓に着くのは一葉と奏の二人きりである。

いつもはほとんど会話らしい会話を交わさぬまま、静かに食事を済ませるのだが、今夜は珍しく奏の方から話しかけてきた。食後の珈琲が手元に運ばれたときだ。

「よかったら、明後日から箱根《はこね》の別荘に行かないか？」

何の前置きもなくそんな提案をされ、一葉は思いもかけず戸惑った。明後日は聖誕祭前夜だ。もし奏が許してくれるなら贈り物を持って父を訪ねたい、と折を見て切り出すつもりでいたこともあり、すぐには返事ができない。

父には会いたいが、奏の方から出かけようと誘われるのは初めてで、それにも心惹かれる。いったいどういう気まぐれを起こしたのだろう、とどきどきした。

困惑した顔で返事を迷う一葉に、奏は普段と変わらぬ愛想のない表情のまま続ける。

「気持ちを乱すことがいろいろとあったようだから、少し気分転換した方がいい。別荘には温泉の湯を引いた露天風呂もある。ゆっくり体を休めて、新たな気持ちで新年を迎えないか」

「……奏さんも、ご一緒してくださるのですか？」

「ああ」

いささかそっけなくはあったが、奏は迷わず頷いた。明後日から新年までというと一週間にもなる。その間、あの貴婦人や芸術家の卵たちとの交流は問題ないのだろうか。一葉の頭にそんなよけいな心配が浮かぶ。特に貴婦人のことが気になったが、面と向かって奏に聞くわけにもいかず、心の中だけで押し止めた。

何にしろ、奏が一葉を外に誘ってくれたのだ。嬉しさが他のどんな事情より勝った。

父を訪ねるのはまた別の機会にしよう。

一葉は自然と微笑みを浮かべながら「嬉しいです」と素直に言った。

よくよく気を付けていなければわからない変化だったが、奏の目尻が微妙に下がる。一葉が提案を受け入れ、喜んだことに安堵したようだ。奏は決して感情をあからさまにしないが、胸の中では常に人並み以上の葛藤や情の動きが起こっているらしい。一葉は少しずつ奏という人を理解できてきている感触を得て、いっそう心を揺り動かされた。もっと奏を知り、奏にも自分を知ってほしいと思う。箱根はいい機会になるかもしれない。

「子犬も連れていってもいいですか?」

一葉が控えめに伺いを立てると、奏は珈琲カップを口に当てたまま頷いた。一口飲んで受け皿にカップを戻し、一葉と視線を合わせる。

「まだ名前を付けていなかったのか、きみ」

ぼそりと言われた言葉に、一葉はじわっと赤面し、「いろいろ迷っていて……」と小さく返す。

フッと含み笑いした奏の顔は、いつもより親しみを感じさせて、印象的だった。


当初の予定では奏も一緒に出かけるはずだったが、間際になって本邸の伯爵から奏に呼び出しがかかり、やむなく一葉一人先に出立することになった。同行するのはいつもの通りフユだ。電車で湯本《ゆもと》まで行き、登山鉄道に乗る。気温は低いが空は晴れ渡っていて、一葉の気持ちを浮き立たせた。

「本当によろしゅうございましたね」

フユはもう何度となく口にした言葉をまた繰り返す。一葉と奏が本当の夫婦のように仲睦まじくなることを一番望んでいるのはフユだろう。武家出身のフユには男同士の禁忌はそれほどなく、むしろ高貴な身分の殿方にはよくある嗜好と肯定的に捉えている。要するに、フユは一葉さえ幸せなら、多少の常識からの逸脱はどうでもいいと思っているようである。肝が据わってでんと構えたところのあるフユがいてくれるおかげで、一葉はずいぶん救われていた。

強羅《ごうら》にある滋野井家の別荘は、北欧風と思しき木造建築だった。一階には居間と食堂と台所、二階に寝室が二部屋設《もう》けられている。風呂は中庭に面しており、奏が言っていた通り硝子戸を開ければ、庭の一角に造られた露天風呂に続いていた。内湯は檜風呂《ひのきぶろ》、外湯は岩風呂で、ことのほか風情がある。見事に剪定《せんてい》されている中庭に雪でも積もれば、絵に描いたような風景になるだろう。

一葉もフユもすぐにこの別荘を気に入った。

湯本で昼を済ませてきたので、まずは湯浴《ゆあ》みなさいませ、とフユが勧める。まだ日は高いが、一葉は浴槽いっぱいに満ちた箱根の湯を、何より先に楽しむことにした。

ここにいる間は一葉が男だと承知している人間しかいないから、何をするにも気が楽だ。脱衣所で裸になるときも、朝晩着替えをするときも、人目を気にせずに済む。もちろん、入浴している最中もだ。高輪の屋敷では、万一マツ子が間違って扉を開けたら、などとありそうもないことまで心配し、いっときも気を許せなかった。

ずいぶん緊張していたのだ、と自覚したのは、湯に浸かったときだ。

気持ちがいい。

こんな開放的な気分になれたのは久しぶりだ。自分では平気なつもりでも、実際は心と体を常に張り詰めさせていたのだなとわかる。

奏が年末までを別荘で過ごそうと言ってくれたのが、しみじみありがたく感じられた。

早く来て欲しい。恋しさが募る。

なんだか桃子が乗り移ったようだ。自分で自分の女々しさに嫌気が差すが、本心だから取り繕いようもない。

「お背中お流ししましょうね」

しばらくするとフユが襷《たすき》がけして入ってきた。

洗い場に座った一葉の背中を、石鹸《せっけん》を付けて泡立てた手拭いで擦ってくれる。

フユに身を任せていると、だんだんフユの手つきが鈍くなってきた。

「フユ？」

どうかしたのか、と心配になって背後に首を回すと、フユは洟《はな》を啜《すす》りながらひっそりと涙を浮かべている。一葉はびっくりして身を捻り、皺の目立つフユの手を取った。

「どうして泣くんだ。何か辛いことでも思い出したのか？」

誰の目も耳もない場所だという意識が、一葉に本来の喋り方をさせる。

「一葉様」

フユは堰《せき》を切ったように感情を露わにして一葉の胸に突っ伏してきた。

逆はあっても、フユの方から取り縋ってくるのは初めてだ。最初は困惑したが、すぐに気を取り直してフユの二の腕や背中に手を当て、そっと撫でさすった。

しみひとつない綺麗な背中を見ていたら、桃子《とうこ》を思い出した――フユは途切れ途切れに言った。

桃子。

一葉も妹の姿を脳裏に描き、唇を噛み締めた。

「ごめん。……ごめん、フユ」

自分が死ねばよかった、という思いがまた込み上げてくる。

一葉の言葉にフユが弾かれたように顔を上げる。

「何をおっしゃいますか！　こんな、フユの感傷に一葉様がお謝りになることなど断じてございません。フユが悪うございました」

申し訳ございませんでした、とフユは頭を垂れる。

一葉は切なくて胸が詰まりそうだった。

「聞いてくれるか、フユ？」

「はい。なんなりと」

「……僕は桃子を裏切っている」

「何のことでございますか？」

めっそうもない、とフユが眉を顰める。

「奏さんを……奏さんを、僕は……」

愛している。その一言がどうしても口に出せなくて、一葉は言い淀んだ。

だが、フユには言葉は必要なかったらしい。

ちゃんとわかっている、というようにフユは大きく頷いた。

「ええ、ええ、一葉様」

「そのようなこと、フユにはもうずっと以前からわかっておりました。旦那様はああいう、ちょっと不器用なお方ですけれど、一葉様を一葉様として見つめ続けていらっしゃいます。その旦那様にこれほど熱心に想われていれば、どんなに心を閉ざしていようと、いつかきっと溶かされておしまいになるだろうと思っておりました」

「奏さんが、僕を僕として見ている……？」

よく意味が摑めなくて聞き返すと、フユはにっこりと顔を綻ばせ、大きく頷いた。

「フユのせいで変にしんみりとなってしまい、本当に申し訳ございませんでした。さぁ、一葉様、もう一度湯船にお浸かりなさいませ。肩までしっかりと温まられるんですよ」

綺麗に流し終えた背中を軽く押され、促される。

一葉は露天風呂に身を沈ませた。

フユは夕餉《ゆうげ》の買い出しに行くと言って、風呂場から出て行った。

しんとした中、一人きりで湯に浸かっていると、あれやこれやと様々な思い出が頭に浮かぶ。まだ家族四人が幸せに暮らしていた頃のこと。初めて奏と挨拶を交わした十二歳の日。そして驚くべき提案をされて絶句した八月に入ったばかりのあの日。九月下旬の大安吉日を選んで執り行われた結婚式当日のこと。――初めて奏に抱かれた夜を思い出したときには、羞恥のあまり湯に顔を沈めてしまいたくなった。

思い返せば、奏に請われて桃子の身代わりとして結婚することを承知してからの日々は、決して不幸ではなかったのだ。確かに奏は言葉数が少なくて捉えどころのない男だが、あとから考えてみると一葉に冷たく意地悪なようでいて、その実、思いやり深く接してくれていたことがわかる。貴婦人の存在は複雑だが、そもそもそのために奏は一葉をもらい、子爵家と姻戚関係を結んでくれたのだ。いわば彼女を容認させる代わりに子爵家再興のために力を貸してくれたわけで、彼女を疎ましく思うのは筋違いなのである。

これからも奏とうまくやっていきたいと思うなら、一葉は割り切らなくてはいけなかった。形の上では奏の一番目でも、実際には二番目だ。その立場を弁《わきま》え、奏を困らせないようにひっそりと想う分には差し支えないだろう。

予定では晩餐《ばんさん》の時間までには奏もここに到着することになっている。

大晦日《おおみそか》には高輪に戻り、元旦からしばらくを伯爵邸で過ごすと言っていた。伯爵夫妻と会うのも久しぶりだ。奏が伯爵夫妻にどう説明したのか知らないが、暮れの挨拶に出向く前に夫妻から病気見舞いが届けられ、大いに恐縮した。お礼状を持たせたフユによれば、一葉の体調不良を気遣う温かい言葉をたくさんいただいたそうで、無理をせず加減のいいときに顔を見せてほしいとおっしゃったらしい。一葉は思いやり深く気さくな舅《しゅうと》たちのおかげで、ずいぶん楽をさせてもらっている。正月に伯爵邸を訪れることには、決して苦ばかり感じてはいなかった。

今夜から一週間あまり、奏とここでゆっくりとした時間が過ごせる。世話をしてくれるのは何もかも知っているフユだけだ。もうこの先二度とない機会かもしれないと思うと、ひとときも無駄に過ごしたくない気持ちでいっぱいになる。

露天風呂はとても気持ちがよくて、できることならずっと浸かっていたかったのだが、それでは湯あたりしてしまう。

そうなる前に一葉は湯から上がり、脱衣所にフユが準備してくれていた浴衣《ゆかた》と半纏《はんてん》を身につけた。こんな場所に来ていても、いちおう女物だ。男物を着て庭を散歩している姿をもし誰かに見られたら、この別荘が滋野井家所有と知っている人々の間に不審な噂が広まるかもしれない。注意するに越したことはなかった。すでに女物の衣装にある程度慣らされた一葉には、昔ほどの恥ずかしさや引け目は感じられずに済んでいる。

ほかほかになった体は心地よかったが、鏡を見たら頬が赤く火照りすぎていたので、ちょっと庭に出て風に当たることにした。

外に出た一葉の足元に、まだ名前が決まらない子犬が走り寄ってくる。

一葉は慌ただしく尻尾を打ち振り、ワン、ワンと可愛い声で鳴く子犬を抱き上げ、一緒に庭を散歩した。

日はさっきよりもいくぶん西の方角に傾いていたが、まだ日暮れには間がある。これならば麓《ふもと》まで足りない食材を買い出しに行ったフユも、明るいうちに戻れるだろう。自分の世話はいいから、と断って先に行かせたのは正解だったようだ。別荘自体は管理人に頼んできちんと掃除をし調えてもらっていたが、フユがいかんなく料理の腕を発揮するには、食料庫に詰め込まれた食材だけでは不足だったらしい。せっかくの聖誕祭前夜だから、ここはひとつそれに相応《ふさわ》しい晩餐を用意したいとはりきっていた。

急な勾配《こうばい》の途中を切り拓《ひら》いて敷地を確保した別荘の庭は、そう広くもない。南向きに立てば二階のテラスから眺めるのと同じ、緑濃い山肌が間近に迫っている。夏はさぞかし涼しいだろう。冬には冬の、夏には夏の楽しみ方ができそうな、素晴らしい環境だ。

「空気が澄んでいて美味《おい》しいね」

子犬がクウンと鼻を鳴らして一葉に返事をする。

一葉は子犬の胴に頬を寄せ、長くて艶やかな毛の感触とぬくもりを楽しんだ。生き物といると心が穏やかに優しくなる。この子犬には奏の一葉に対する気持までもが感じられて、特に思い入れを強くする。

たっぷりと綿を入れた半纏を重ねているので体は寒くないのだが、あまり長く外にいると、足先や手先が冷えてくる。

ペロッと子犬が一葉の頬を舐めた。

つぶらな瞳が寒いから中に入ろうと言っているようだ。

「そうだね。そろそろ戻ろうか」

一葉が笑いながら体の向きを変えたとき、生け垣の傍の茂みがガサッと不気味な音をさせ、一葉の足をその場に凍りつかせた。

「誰？」

怯えてしまい、声が不安で頼りなくなる。

一葉の腕の中で子犬が鋭く吠える。

吠えながら激しく身じろぎしたので、一葉には押さえきれなくなり、落としてしまう前に中腰になって子犬を地面に放した。

自由になった子犬は一目散に茂みに向かって突進していき、ますます激しく吠えたてた。小さな体をしていても、いざとなると迫力がある。一葉は子犬の逞しさにも驚いた。

「よせっ、よせ、こら！」

がさがさと茂みが葉擦れの音をさせ、奥から四つん這いになった袴姿の男が這々《ほうほう》の体《てい》で這い出てきた。

「き、欣哉《きんや》さん……！」

男の顔を見た一葉は信じられない人物が潜んでいたことに目を瞠り、あまりの思いがけなさにその場から動けなくなった。

「奥様！」

まるで悪びれない笑顔で欣哉が一葉に顔を向けてくる。

悪夢を見ているようで、一葉は言葉を失ってしまう。

「遅くなりました、奥様」

四つん這いの格好から立ち上がった欣哉は、意味のわからないことを言い、丸眼鏡の奥の小さな目を爛々《らんらん》とさせている。足元ではずっと子犬が吠え続け、威嚇《いかく》するように唸り続けていたが、一顧だにせず一葉の方へ歩み寄ってきた。

一葉は逃げたくても全身が固まったようになり、逃げられないでいた。

なぜここに欣哉が現れたのだろう。まさかずっと後をついてきていたのか。いろいろな疑問が頭を混乱させ、欣哉の執拗さ、一葉に対する執着心の強さにおののくばかりだ。奏に厳しく戒《いまし》められ、屋敷から追い出されたというのに、欣哉には少しも懲《こ》りた様子がない。狙い澄ましたかのようにまた一葉が一人になるところを待ち構えていたあたりに、欣哉の本気が感じ取れる。

いったい欣哉は自分をどうしたいのか、と一葉は絶望的な気分になった。このままずっとつきまとわれ続けるのかと思うと、ぞっとする。

「さぁ、もう大丈夫です。僕と行きましょう」

欣哉が一葉の腕を取ろうとする。

一葉は摑まれる寸前で腕を背中に隠し、強く首を振った。

「何のことですか。迷惑です！」

「迎えに来たんじゃありませんか」

まるでこの事態を理解していないのは一葉だと言わんばかりに欣哉が宥《なだ》めるような声を出す。

「ここから出て、僕と暮らすんです。それが奥様のためですよ」

「勝手なことばかり言わないでください」

一葉は堪らなくなって大きな声で叫んだ。欣哉の話を聞いていると、頭がおかしくなりそうだ。

一葉には欣哉がまるで理解できず、ひたすらに恐ろしい。お互い日本語を話しているはずなのに、こんなにも意思が通じない心許なさを味わわされるのは初めてだ。

ずい、と欣哉がまた一歩一葉との距離を詰めてくる。

一葉の上げた悲鳴に反応した子犬がひときわ甲高く吠え、欣哉の足首に飛びついて分厚い足袋《たび》の上から咬《か》みつく。

「うわああっ！」

油断していたらしい欣哉は頓狂《とんきょう》な声で叫び、恐ろしい形相で子犬を睨むと、「こいつめ！」と腹立たしげに罵り、子犬を足首から振り放すと脇腹を蹴り上げた。

「なんてことを！」

蹴られてギャンと鳴き、地面に叩きつけられた子犬に駆け寄ろうとした一葉の腕を、今度こそ欣哉はむんずと引き摑んだ。

だが一葉も怒りで頭に血が上っていたので、「離しなさい！」と叫ぶなり欣哉の手から腕をもぎ離す。弾みをつけて押しのけたため、欣哉はよろけて一歩後じさった。一葉はその隙に地面に倒れた子犬に駆け寄り、屈んだまま抱き上げる。

子犬は一葉の腕の中でキュウンと一声腑甲斐なさそうに鳴いた後、背後から迫ってきていた欣哉に気づき、たちまちまたけたたましく吠え始めた。

一葉はハッとして後ろを振り返った。

緩んだ腕から子犬が飛び降りる。

「どうしてそんなに僕を拒むんですか。あなたには僕の気持ちはわかっているでしょう！　いつまでも焦らさないでください」

欣哉の目は血走っている。

一葉は一段と激しい恐怖感に背筋を凍らせ、なりふり構わずその場から逃げ出すことで頭をいっぱいにした。

右も左もよくわからない初めての場所だったが、一葉はとにかく門から外に走り出た。あそこにいれば今度こそ欣哉に無体なことをされてしまうかもしれない。一度ならず二度までも油断した自分が悔しく、涙が湧いてくる。一度目は奏が助けてくれた。だが、二度目もそんな幸運に見舞われるとは、いくらなんでも考えられない。

「待ってくださいっ！」

山道を一目散に駆け下りる一葉を追って、欣哉が迫ってくる。

浴衣では思うように走れず、何度となく足を取られて転びかけた。そのたびに欣哉との距離が詰まったような気がして、一葉は恐ろしさにますます足を縺《もつ》れさせかけた。日頃歩き慣れない山道を走り下りるだけでも危ういのに、背後からは鬼のような形相をした欣哉が全力疾走してくるのだ。捕まったらきっとその場で押し倒されて乱暴される。いっそ自分は男だ、と叫んでしまいたくなった。しかしすでに声すら喉に張りついたようで、思うように出せなくなっている。

下に降りれば人家があるはず。

運がよければ、買い出しを済ませて戻ってくる途中のフユと出会えるかもしれない。

一葉は必死に自分自身を鼓舞し、息を切らせて走り続けた。

背後から子犬の吠え声が再び聞こえてきた。

「うおおっ……！」

何やら欣哉が躓いて転びでもしたような悲鳴と、重いものが倒れる音がする。

振り向いて確かめる間も惜しみ、一葉はそのまま走った。

前方の左手、結構急角度に曲がった道の向こうに民家が見える。

さっき欣哉がひっくり返ったようだったことと、ようやく人に助けてもらえそうだという気持ちが重なって、一葉は足を緩めた。実際、もう走るのは限界だったのだ。心臓が迫《せ》り上がりそうなほど苦しい。呼吸は乱れまくっていて、喉が喘いでいた。全身にはびっしょりと汗を掻いている。

あの家の住人に助けを求めよう。

そう思って曲がり道の突端に来たときだ。

「待ってくださいと言っているでしょうがっ！」

突然背後から怒声がかけられ、びっくりして振り返った途端、上から転がるような勢いで猛然と走り寄ってきていた欣哉に、体ごとぶつかられた。

「うわあああっ」

欣哉の悲鳴が一葉の悲鳴を掻き消す。

欣哉も一葉に体当たりする気など毛頭なかったのだろう。ただ、勢いを殺せず、一葉にぶつかってしまったのである。

思いっきり突き飛ばされた一葉の体は、確かに一瞬宙に浮いた。そして、そのまま急角度に曲がった道から飛び出し、落ちていく。

衝撃で目の前が真っ暗になる。

落ちる、死ぬ、という考えが頭の中に生じた。

その途端、フッと意識が途切れ、一葉は何も知覚できなくなった。

一葉、と呼びかける声が聞こえた気がする。

……奏さん？

一葉は真っ暗な中を夢見心地で声の主を探し、焦れったさと心細さで胸をざわめかせた。ここにいる、と知らせたいが、声を出せない。そのうち奏は諦めてどこかに消えてしまうのではないだろうか。そう思うと気が気ではなかった。

もう一度聞こえないだろうかと耳を澄ませる。

だが、いくら待っても何も聞こえてこない。

その代わり今度は、額にそっと触れてくる手のひらの感触を知覚した。

誰かがすぐ傍にいる気配がする。

一葉は少しずつ重い瞼を開いていった。

「奏さん……？」

掠れて頼りない声が乾いた口から出る。

「一葉！　気がついたのか」

途端に右手を強く握り締められ、ぼやけていた意識が一瞬にして鮮明な現実に変わる。

間近に奏の顔がある。

真っ青で、狼狽えて必死さを感じさせる顔だ。こんな顔の奏は今まで見たことがない。納戸での一件でも、ここまで取り乱したふうではなかった。

「奏さん」

もう一度奏の名を呼ぶ。

「よかった。わたしがわかるんだな、一葉。自分が誰だかわかるんだな？」

「はい」

しっかりと右手を握り込まれたまま、一葉は首を縦に振る。頭を動かした拍子に首や背中、腰などにビリリとした痛みが走る。痛かったが一葉は呻き声も洩らさず我慢した。これ以上奏を心配させたくなかったからだ。

「きみは山道の途中で三メートルほど下の林の中に落ちていたんだ。覚えているか？」

「覚えています」

欣哉が恐ろしい勢いで突進してきて、突き落とされてしまったのだ。

一葉は思い出し、ぶるっと体を震わせた。あとのことは何も覚えていないが、奏の口から欣哉の名前が出ないことからして、彼は落ちた一葉をそのまま放置し、逃げたのだ。大変なことになったと思って恐怖に駆られたに違いない。これで欣哉ももう二度と一葉の前に現れないだろう。

一葉はじっと奏の目を見つめた。

いつもは涼しげなばかりの知的に澄んだ瞳が、今はしっとりと濡れている。

あれほど身嗜《みだしな》みに気を遣い、いつもぴしっとした姿の奏が、前髪を崩し、ネクタイを緩め、ワイシャツの袖を捲り上げている。まるで力仕事でもした後のようだ。

一葉の胸はぎゅっと引き絞られたように疼いた。

「……ごめんなさい。また、心配をおかけしてしまいました」

「ああ」

奏が嗚咽を呑むようにいったん言葉を途切れさせ、続ける。

「もしこのままきみが目を覚ましてくれなかったなら、わたしは一生後悔しなければならなかった」

「僕……今度も奏さんに助けてもらったんですね」

奏が繰り返し一葉と呼ぶので、つい『僕』と言ってしまったが、奏は咎めなかった。辺りを見回すと、ここは別荘の二階にある寝室のひとつだとわかる。それならばもし誰かに聞かれたとしても差し支《つか》えないだろう。少なくとも室内には誰の姿もない。

「助けたのはきみの犬だ」

奏は真面目な顔つきで言った。

「きみが落ちた場所でずっと吠え続けていたから、近所の住民が不審に思って出てきて、暗くならないうちにきみを見つけてくれたんだ。誰か落ちていると騒いでいたところに買い物帰りのフユがちょうど通りかかり、きみを見て滋野井家の者だと言うと、崖の下から男二人がかりで救出してくれたそうだ。わたしは、きみをこの家に運ぶのを手伝っただけだ。フユが強羅駅の駅員に、わたしが着いたらすぐ付近の住民宅に世話になっているからと知らせるよう伝言してくれていたので、急いで駆けつけた」

「そうだったんですか……」

一葉が子犬の姿を探して頭を枕から浮かそうとすると、奏がやんわりと止めた。

「まだ寝ていなさい。全身の至る所に打ち身と擦り傷を負っている。どこの骨も折れていなかったのは信じられないような幸運だと医者が言っていた。落ちた場所にたまたま山のように積もっていた枯れ草が緩衝剤の役目を果たしたのだろう。半纏を着ていたのも幸いしたんだ」

奏はほとんど怪我を負っていない一葉の右手の甲に軽く唇を押し当てて離すと、背後を振り向いて「おいで」と声をかけ、床にいたらしい犬を抱き上げた。

一葉は子犬を抱き取ろうとして両腕を伸ばしかけたが、左腕は指先を残してぐるぐると包帯を巻かれており、うまく動かせないことにようやく気づいた。毛布に包《くる》まれた両足や腰にも違和感を覚える。ああ、本当に大変な目に遭ったのだなという実感が湧いてきた。

「奥様は怪我をしている。あまり無理をさせないように」

子犬に向かってひどく生真面目に奏は言い、一葉の枕元に慎重に子犬を下ろす。子犬はキュウンと鳴いて、奏の言葉が理解できたように遠慮がちに顔を舐める。くすぐったさに一葉は睫毛を震わせ、笑った。

枕元の椅子に座っていた奏も、その様子を見てうっすらと微笑んでいる。

「いい加減名前をつけてやらないと不便だろう?」

「奏さんがつけてくださいませんか？」

もしいい案があれば、という意味で軽く言ったつもりだったが、奏は前から頭の中で考えていたようにさらりと答えた。

「きみの犬だから、いちよう、と付けるのはどうだ」

「いちよう……？」

変わった名前だが悪くない。一葉はにっこりした。

「いちよう」

子犬に呼びかける。

子犬はきょとんとしていたが、何回か呼んでやると、そのうち何がなんだかわからないながらも、嬉しげに尻尾を振って応えるようになった。

「さぁ、もう寝なさい」

奏が優しく言い、一葉の傍からいちようを抱き上げる。

一葉は椅子から立った奏を見上げ、「奏さん」と引き留めた。今なら何もかもに対して素直になれる気がする。

「なんだ？」

奏も何か感じるところがあったのか、一葉に続きを促すような相槌を打つ。

「いろいろと言いたいことがあるんですけれど……たとえば、せっかく別荘にまで来たのに初日に怪我をしてしまって、大変なご迷惑をかけたお詫びとか、フユが準備してくれるはずだった晩餐をあなたと一緒に食べられなかったこととか。だけど、今はそんなことより、ひとつだけ聞いていただきたいことがあるんです」

「きみが、わたしに？」

一葉が深く頷くと、奏はいちようを床に離し、もう一度椅子に座り直した。

男にしては上品で繊細な白皙《はくせき》が一葉の顔の間近に迫る。まるでくちづけを交わすときの距離感だ。一葉は頬を熱くして、ちょっとぼうっとなった。胸がトクントクンと高鳴る。

「……僕、男ですけれど、あ、あなたが好きみたい……」

あまりにも奏が身近に寄ってきてくれたため、一葉はきちんと順序立てて言おうとしていたことを頭からすっぽりと抜け落ちさせ、ただ浮かんできた言葉をぎこちなく声に出すので精一杯になってしまった。

「一葉」

奏の顔に驚きが浮かぶ。

驚きの表情は、みるみるうちに喜びと幸せに満ちた笑みに取って代わった。

「まさか、きみからそんなふうに言ってもらえるとは。夢を見ているようだ」

「迷惑ではないですか？」

「何をばかなことを言うんだ」

迷惑だなどと一葉が言うとは思いもかけなかったようで、奏は幾分尖った声で否定する。

「わたしは、わたしは、本当は最初から、きみだけを見ていたんだ。亡くなった妹さんの手前どうしても言えなかったが、初めて桃子さんと一緒にきみと引き合わされたとき、わたしは婚約者である桃子さんよりきみの方に惹かれた」

「……うそ」

今度は一葉が目を瞠る番だった。

「では、こんなことになったのは、あなたにとって本来望んだ形だったと言うんですか？」

「そういうことになる」

奏は潔く認めた。

「わたしは常に気持ちの上で桃子さんを裏切っている自分に嫌気が差していた。だから極力会わないようにして、とにかく親同士が決めた結婚だけはしようと覚悟していたのだ。結婚すればきみはわたしの妻の兄だ。赤の他人よりは近しい存在になれる。もちろん、桃子さんを妻として尊重し、きみとは精神的以上の関わりを持つ気はなかった。それなのに、まるでその決心を試されるようにあの事故が起きた。……わたしは、誘惑に抗えなかった。どうしても千載一遇《せんざいいちぐう》の機会を見過ごせず、欲のままきみを搦め手でもって自分のものにしてしまったわけだ」

何と誹《そし》られても言い訳のしようもない。

奏はそう言って心苦しげに顔を曇らせる。

いきなり知らされた事実に、一葉の頭はまだうまくついていけなかった。

「待って……待って、奏さん」

大事なことが抜け落ちている。

一葉は唇を舐め、どうにか気持ちを落ち着かせた。

「だってあなたには外に恋人がいるのでしょう?」

「恋人?」

俯き加減にしていた顔を上げた奏が、あからさまに眉を寄せる。嘘や芝居ではなく、本気で何のことかわからないという表情に見えた。

その奏の表情が一葉に新たな不安と期待とを抱かせた。

もしかして。もしかして、あの貴婦人のことは一葉が勘違いしているだけなのか。奏と特別な関係の人ではないのだろうか。

外、という言葉が奏に日本橋三越百貨店前での出来事を思い出させたらしい。一葉が誰のことを言っているのか察したのだ。

「きみはとんでもない思い違いをしているぞ」

半ば呆れたように、奏が強い口調で言う。

「あのときわたしが会っていたご婦人は、わたしの従姉《いとこ》だ。とうに嫁いで二児の母親でもある、仲河《なかがわ》男爵夫人じゃないか。きみはそんなことでわたしを誤解していたのか」

「すみません」

蓋《ふた》を開けてみればとんでもない誤解とわかり、一葉は羞恥のあまり穴があったら入りたくなった。勝手に奏を疑い、あまつさえ悩んでもいた自分の浅はかさには恥じ入るしかない。

「確かに噂好きの連中がわたしのことをプレイボーイだなんだと言っているのは知っているが、まさかきみまで信じていたとは思わなかった。確かに連中の噂は根も葉もないでたらめというわけでもないから頭から否定はできないが、それは皆、わたしが桃子さん以外の人を……つまり、きみのことだ、彼女以外の人を想っていると勘づいていたという意味だ。決してそのほかのことをとやかく言われる謂《い》われはない。まして、貴世子《きよこ》さんは――」

そこで奏はめったにない饒舌《じょうぜつ》を止め、やるせなさそうに苦笑した。

「一葉。仲河貴世子男爵夫人とは、結婚式後の祝宴でも顔を合わせているはずだ。きみはとても緊張していたから、覚えていなかったとしても無理はないが、親族一同で撮影した記念写真にも写っているじゃないか」

「……すみません」

気づいていなかった。今この場で言われても、まったく覚えていない。そういえば祝宴の後で来賓《らいひん》を見送った際、何人かが親しげに話しかけてくれた。しかし一葉は、女でないとばれるのではないかとひやひやしっぱなしで、とても相手の顔を見て返事をすることなどできなかったのだ。

恥ずかしさに消え入りそうな声しか出せなくなった一葉に、奏はさらに顔を近づけてくる。

「彼女と会っていたのは、相談事があったからだ。自分で言うのも何だが、わたしは不器用な男だ。どうすればきみを喜ばせられるのか少しも思いつけず、せめて何か気の利いた贈り物でもしたいと考えた。彼女は流行に敏感で優れたセンスの持ち主だ。きっと何がいいかわかるのではないかと思い、わざわざ出向いてもらった。結局は、その後きみが世話を焼いていた犬のことを欣哉から聞かされて、いちようを贈ることにしたのだが」

「そうだったんですか」

「もう、これで誤解はすべて解けたか？」

こくりと一葉は頷く。

フッと奏が唇を綻ばせ、一葉の頬に指をかけてきた。

あっと思ったときには口唇を奪われていた。

お休みの挨拶にしてはずいぶん長いくちづけを受ける。一葉が艶めいた声を洩らすたび、奏のくちづけは深く濃密になった。

いっそのことこのまま抱かれてもいいと思ったが、さすがに奏は紳士で、怪我をした一葉に無理をさせる気はないらしく、名残惜しそうにしながらも唇を離してしまった。

「今夜は最高の夜だ。きみがわたしを好きでいてくれたと知って、自分が自分でなくなりそうなくらい嬉しい」

不器用な奏の率直な言葉が一葉の胸に深々と染み入ってくる。舞い上がりそうに嬉しいのは一葉も同じだ。怪我をしていなければ、絶対に奏を離したくないと思うくらい、身も心も高揚している。

奏はもう一度だけ一葉の唇を軽く吸い、椅子から立った。

「一日も早く元気になるように」

「はい。……今夜は、ごめんなさい」

「お休み、一葉」

「お休みなさい、奏さん」

一葉は扉の方へ歩いていく奏の後ろ姿をじっと見送った。

扉の手前でもう一度奏が一葉を振り返る。

一葉は慌てて目を閉じた。

パチリと電灯のスイッチを落とす音がして、枕元の小さな明かりを残して部屋が暗くなった。

思わぬ事故に遭って怪我はしたものの大事には至らなかったので、別荘での日々は当初予定したものとそれほど変わらなかった。もともと、温泉を楽しみながら毎日二人でゆっくりと過ごすつもりだったのだ。

以前から一葉のことが焦がれるほど好きだった、という奏は、これまで照れくささのあまり一葉の近くにずっといることもできず外で時間を潰していたらしいのだが、一度告白してしまったら気持ちに余裕ができたらしい。それまでのそっけなさが嘘のように、書物を読むのも書き物をするのも、常に一葉の傍だ。二人は今までの空白を埋める勢いでお喋りをし、寝台や長椅子の上で寄り添って午睡《ごすい》をとったり、温泉に浸かったりして、心と体の両方をより深く結び合わせていった。

別荘に滞在して三日目の夜には雪が降った。

朝起きてみると周囲一体が見事な雪景色になっていて、快晴の空から降り注ぐ柔らかな陽光が真っ白い地面に反射してきらきらと輝いている。まるで天の使いがいっぺんに舞い降りてきているようだった。

寝間着のまま窓辺に佇んで見惚れていると、奏が背後にやってきて、一葉の肩にふわりとガウンをかけてくれた。襟と袖に豪奢《ごうしゃ》な羽毛があしらわれた、女物の絹《シルク》のガウンだ。

一葉は顔を捻って奏を見上げ、幸せいっぱいに微笑んだ。

奏が一葉の左肩に腕を回して抱き寄せ、顔を寄せてくる。一葉は自然と右腕を奏の腰に回した。くちづけをするとき、一葉は目を閉じる。その方が柔らかな唇の感触をより鮮明に感じられるのだ。

くちづけしながら左手を奏に取られた。長い指が絡んでくる。一葉も奏の右手に自分の指を絡ませ、しっかりと握り締めた。

「……一葉」

切ない息遣いをした奏が、一葉の唇を舌先で割り開く。

「あっ……あ」

濡れた舌が口の中に滑り込んできて、尖らせた先端で顎の裏を擽《くすぐ》った。

「や、……あっ、あ」

敏感な部分を舐められ、さらに舌を搦め捕られる。きつい吸引に一葉は眩暈を覚えた。下半身に火が熾《お》きる。恥ずかしさに身じろぎしたが、奏は一葉をしっかりと抱きしめて離さない。

しばらくしてなかったから。

頭の芯を官能で炙《あぶ》られつつ、一葉は言い訳がましく思った。

ふと太ももに触れた奏の前も硬くなりかけている。一葉が怪我を負っているので、奏は一昨日、昨日と添い寝しておきながら、くちづけを交わすだけでそれ以上のことはしなかった。一葉に負担をかけさせまいとしてのことだ。奏の思いやりは嬉しかったが、本音では少しくらい怪我が痛んでもいいから抱きしめて欲しいと思っていた。しかし、それを口にするのはいくらなんでもはしたない気がして、躊躇ったのだ。

息継ぎのために唇を離すと、熱い吐息が絡み合う。

「奏さん」

一葉はねだるように顎を擡げた。

もっと、ずっとくちづけしていて欲しい。

奏が一葉を正面から抱きしめ直した。

すっかり濡れそぼった唇を、淫らな水音をさせて吸い上げられる。角度を変えた接合は気が遠くなるほど何回も繰り返された。

くちづけだけでいってしまうかもしれないと本気で思う。

奏のものも立派な形をあからさまに示し、このままでは苦しいのではないかと心配になるほど硬く張り詰めきっている。

「奏さん……そ、奏さん……あ」

一葉は譫言《うわごと》のように口走り、快感に眉を寄せた。

唇の端からは送り込まれて嚥下《えんか》しきれなかった奏の唾液が伝い落ちる。淫靡な感触に、背筋がぞくっと震えた。

「一葉」

ようやく長いくちづけから一葉を解放した奏が、ぐいっと腰を押しつけてきた。奏の瞳は情欲に潤んでいる。

まざまざとした欲望を確かめさせられて、一葉はカアッと赤面し、奏の胸板に顔を伏せた。

「もう一度ベッドに戻らないか」

耳元で囁かれた色気の滲む声。

一葉に否の返事など考えられるわけがない。

「優しくする」

「気にしないでいいです……僕は、あなたのものだから」

「きみがわたしのものだから、わたしはきみを大事にしたいんだ」

耳朶にかかる吐息が熱い。

一葉は腰が砕けて膝を崩しそうになり、慌てて奏に取り縋った。奏がしっかりと抱き支えてくれる。すらりとした細身だが、力は強い。

「フユに朝食の準備を断っておこう。滋野井家では休みの日の朝はたいてい昼と一緒だ。奥様もそれに倣ってもらいたい」

奏はそう言うと一葉を横抱きに抱え上げた。

「そ、奏さん！」

「大丈夫。落とさない」

落とされる心配をしたわけではない。ただ恥ずかしかっただけだ。

一葉を寝台に運び下ろした奏は、枕元の呼び鈴を鳴らした。

すぐにフユがやってくる。

「もう少し休むから食事の支度は十一時にしてくれ」

「かしこまりました、旦那様」

フユは血色のいい顔を微笑みで満たし、一葉と目を合わせると、よろしゅうございましたね、と言うときと同じ表情をした。

恥ずかしい……。

だが、今から奏に愛してもらえることを考えると、それだけで体中の熱が沸くようにざわめく。

胸の粒は弄られもしないのに尖って寝間着に擦れ、男の証からはじわりと先走りの雫が浮き出てくるのだ。

扉がきっちり閉ざされると、奏は朝日が差し込む明るい部屋で、躊躇いもなく肩からガウンを滑り落とし、その下の寝間着も脱ぎ捨てた。

一葉は全裸の奏を見つめ、こくりと喉を上下させる。

奏がもう一度寝台に近づいてくる間、一葉は奏と視線を合わせたまま、ゆっくりと寝間着の釦を外していった。

キシリと寝台が揺れる。

それは外に積もった新雪を踏みしめたとき立つ音に似ていた。

エピローグ

「あの方が奏《そう》様のお嫁さまなのね。初めてお目にかかったわ」

「とってもお綺麗で上品な方ね。凛《りん》としたお美しさが若旦那様のお眼鏡にかなったのかしら。ほら、若旦那様っていかにも女らしい魅力ばかり強調されている方はあまりお気に召さないようじゃない」

「一番仲良くお付き合いされている貴世子《きよこ》様も、昔は男勝りでご両親を嘆かせていらっしゃったそうだしね」

「それにしても、あの堅物で面白みがないってご学友方によくからかわれておいでだった奏様がねぇ……。あなた知ってる？　元日の午後こちらにお出でになってからというもの、かたときも若奥様をお離しにならないのよ」

「そりゃあまだご新婚ですもの」

「若旦那様が若奥様を見つめる目に気が付いた？　もう、なんていうの、こっちまで胸がきゅううっとなりそうな熱っぽさよ。あんな目でじっと見つめられたら、あたしなんか失神するわ」

「なに言ってんの！　若旦那様がそういう目をなさるのは若奥様に向けてだけ。あんたが心配するようなことは絶対ないから大丈夫よ」

「な、なによう。いいじゃないの夢くらい見たって！」

「身分違いよ。身分違いも甚《はなは》だしいわ。あたしたちはただの使用人よ。よけいなことは考えない方が身のため、幸せなんだから。気を付けなさい」

先輩格の小間使いが汚れた雑巾を水の入ったバケツに浸けながら忠告めいた発言をすると、周囲にいた二人は顔を見合わせ、肩を竦ませる。

三が日が過ぎた今日から世間はいっせいに通常通りに動きだしている。

ここ滋野井《しげのい》伯爵家でも、正月に交代で休んでいた使用人たちがすべて出揃い、いわゆる日常が始まっているのだが、いまだお屠蘇《とそ》気分の抜けない若い小間使いたちの間では、もっぱら若旦那様とその夫人のことが話題になっていた。普段は高輪の新居で暮らしている夫妻だ。妻が滋野井家の家風に慣れるまで二人きりで暮らしたいという奏のたっての希望を、鷹揚で進歩的な考えを持つ伯爵夫妻はあっさりと承諾したのである。

「旦那様と奥様も若奥様のことをたいそうお気に召しておいでのようよ。いつも目を細めて仲睦まじいお二人をお眺めになっては、頷き合っていらっしゃるもの」

「本当にお幸せそうで、うらやましいわ」

「さぁさぁ、あなたたち。いい加減にお喋りはやめて、口より手を動かしてね。若旦那様たちは明日にはご出立だそうよ」

「あら。そうなの？」

「明日は若奥様のご実家にお出でになるらしいわ」

「あ、なるほど」

「ほら、仕事。窓拭きは硝子だけ綺麗にすればいいってものじゃないのよ。桟《さん》まできっちりとね。それから、あなたは床掃除でしょう。さっさと持ち場に戻らないと、水野《みずの》夫人や後藤《ごとう》執事に叱られるわよ！」

年配の小間使いから女中頭の水野や後藤の名が出ると、二人の若い小間使いはたちまち顔を引き締めて仕事に戻る。

三人から少し離れた場所を、互いの腰を抱き合った若夫婦が、幸せに溶けそうな笑顔を見せて通り過ぎていったのは、その直後だった。

POSTSCRIPT
HARUHI TONO

２００４年最初のＳＨＹノベルズです。貴族シリーズ第５冊目にあたります「愛される貴族の花嫁」、お手に取っていただきましてありがとうございます。

大正時代とか昭和初期辺りは苦手だ苦手だと言いながらも、あいにく日本が舞台の貴族（華族）ものとなりますと、どうしてもここいらを避けては通れません。平安貴族にするという手もないことはないですが、それは更に苦手……。

でも、苦手なりに今回も楽しんで書かせていただきました。エンドマークまで辿り着き、最初から読み返したときには、難産だっただけに感慨もひとしおでした。

本作の主人公、滋野井奏さんは、これまで

HARUHI`s Secret Liblary URL　http://www.t-haruhi.com/
HARUHI`s Secret Liblary：遠野春日公式サイト

わたしが描いてきた攻め様たちとは少々テイストの違う人になったのではないかと思います。実を申しますとプロットでは普通に傲慢で強引な人の予定だったのですが、書き始めてみたら、ずいぶん変わってしまいました。いつもとはちょっと異なるキャラクターを楽しんでいただければ幸いです。ことに二人の初夜（言葉のあやではなく、間違いなく初夜です…笑）のシーンは、わたしにしては珍しい雰囲気で、ぜひ読んでいただきたいです。

今回、イラストはあさとえいり先生にお世話になりました。あさと先生と組ませていただくのは二度目ですが、前回といい今回といい、いつもご迷惑をおかけしているようで心苦しいかぎりです。特にこのたびは、いろいろとご無理をお願いしてしまい、本当に申し訳ありませんでした。素敵なイラストをどうもありがとうございました。

次回のSHYノベルズも貴族シリーズです。春にお目にかかれる予定になっています。見かけられましたら、どうぞまたよろしくお願いします。

文末になりましたが、編集さまを始めこの本の制作に関わってくださいました皆様、いつも応援し、励ましてくださる読者の皆様にお礼申し上げます。ありがとうございました。

また近々お会いできますように。

遠野春日拝

愛される貴族の花嫁

SHY NOVELS98

遠野春日 著

HARUHI TONO

ファンレターの宛先
〒102-0073 東京都千代田区九段北4-3-10トリビル2F
大洋図書市ヶ谷編集局第二編集局SHY NOVELS
「遠野春日先生」「あさとえいり先生」係
皆様のお便りをお待ちしております。

初版第一刷2004年3月12日
第三刷2004年6月9日

発行者	山田章博
発行所	株式会社大洋図書
	〒162-8614 東京都新宿区天神町66-14-2大洋ビル
	電話03-5228-2881(代表)
	〒102-0073 東京都千代田区九段北4-3-10トリビル2F
	電話03-3556-1352(編集)
イラスト	あさとえいり
デザイン	PLUMAGE DESIGN OFFICE
カラー印刷	小宮山印刷株式会社
本文印刷	三共グラフィック株式会社
製本	有限会社野々山製本所

乱丁・落丁はお取り替えいたします。
無断転載・放送・放映は法律で認められた場合をのぞき、著作権の侵害となります。

©遠野春日 大洋図書 2004 Printed in Japan

ISBN4-8130-1017-2

SHY NOVELS
好評発売中

遠野春日

貴族シリーズ
The series of Noble's love.

恋愛は貴族のたしなみ

画・夢花李

強引なのが好きだろう？

「男に囲われている没落貴族にどんな期待もしない」あるパーティーで久我伯爵家の御曹司・馨はかつて秘かに惹かれていた守脇侯爵家の威彦と再会する。家柄、人望、財力、容姿、全てを持つ威彦は傲慢な男だった。威彦のライバル・恭弘に守られるように立つ馨に威彦は冷たい視線を向けた…優雅で残酷、貴族たちの華麗なる恋愛遊戯ついに登場!!

香港貴族に愛されて

画・高橋 悠

これは罠か？ それとも愛か？

旅の経由地として香港を訪れた真己は、そこでかつての恋人アレックスと再会する。あの頃、真己にとってはアレックスがすべてだった。だが、アレックスにとって自分がただの遊び相手だと知ったとき、真己は黙ったままアレックスの前から姿を消した。あれから数年、再会に真己の心は揺れた。一方、アレックスは固く心に決めていた。今度こそ、逃がさない、と！

SHY NOVELS
好評発売中

遠野春日

貴族シリーズ
The series of Noble's love.

華は貴族に手折られる

画・門地かおり

俺を誘惑してみろよ

許したのは体だけのはずだったのに!!　由緒ある高塔伯爵家に生まれた葵は、自分が伯爵家の人間であることを誇りに思って生きてきた。伯爵家が財産を騙しとられるまでは…　貴族嫌いの傲慢な男、速見桐梧を知るまでは…　葵を遊女扱いし、恥辱にまみれた体を開かせる桐梧。理不尽で恥知らずな男、それなのに、時折り見せる優しさに葵の心は惹かれはじめて!?

貴族と囚われの御曹司

画・ひびき玲音

「抱いて、ください」

日本有数の財閥に生まれながら祖父に疎まれている忍は、外洋をクルーズする豪華客船で監視付きの生活を送っている。ある日の午後、忍は監視の目を逃れスペインの高級リゾート地マラガに降りた。ほんの少しだけ、すぐ船に戻る、そのつもりだったのに…　監視に見つかり反射的に逃げ出した忍を助けてくれたのは、英国貴族の末裔ウィリアムだった！

SHY NOVELS
好評発売中

秘密は白薔薇の下に
遠野春日

「俺がこんなことをすると嫌か？」世界有数の富豪の跡取りであるジュールは、ある朝、湖のほとりを散歩中に水辺で倒れていた美しい青年・流依を助ける。隣国の大公の庶子である流依は何者かに命を狙われ、その恐怖から声を失っていた。身分を隠し、ジュールの別荘に匿われる流依。惹かれあうふたりだったが、ジュールにはすでに婚約者がいた…愛人としての母の悲しみを知っていた流依はジュールから離れる決心をするのだが!?

画・夢花李